König Bansah

zwischen Krone und Schraubenschlüssel

Ein König zwischen zwei Welten

1. Auflage 2019
King Céphas Kosi Bansah
Queen Gabriele Bansah

König Bansah

zwischen Krone und Schraubenschlüssel

Ein König zwischen zwei Welten

Layout: Claudia Schmid
Covergestaltung KAFB Graphic Design Katharina Bansah
Redaktonelle Bearbeitung: Horst Wörner, Stefan Rochow

Sämtliches Bildmaterial wurde von den Autoren zur Verfügung gestellt.
Sie verfügen über die Rechte.

© by Gerhard Hess Verlag, 88427 Bad Schussenried
Gesamtherstellung Gerhard Hess Verlag
www.gerhard-hess-verlag.de

ISBN 978-3-87336-636-7

König Bansah

zwischen
Krone und Schraubenschlüssel

Ein König zwischen zwei Welten

King Céphas Kosi Bansah

Queen Gabriele Bansah

GHV

Vielen Dank für die

Unterstützung

meines Königreiches

durch den Kauf dieses

Buches

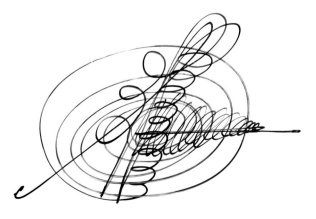

Inhalt

Vorwort

von Prof. Dr. med. Gerd U. Auffarth

„Zwischen Wasser und Urwald"

Man möge denken, der Titel „Zwischen Wasser und Urwald" beziehe sich auf König Bansah und dem Leben in Ghana. Nun – er hat nichts mit ihm zu tun, sondern ist der Titel eines Buches von  Albert Schweitzer, erschienen in der Akademischen Buchhandlung Paul Haupt in Bern, 1932. Hier beschreibt er seine Motivation und innere Berufung, in Lambarene das berühmte Spital zu gründen.

Wo findet sich der Bezug zu König Bansah? Es gibt einen Zeitpunkt in der Vergangenheit, in der sich die Lebenswege von Schweitzer, mir selbst und König Bansah in gewisser Weise kreuzten.

Das erste Kapitel des Buches trägt die Überschrift „Wie ich dazu kam, Arzt im Urwald zu werden". Warum entscheidet sich jemand überhaupt Arzt zu werden? Warum ging Albert Schweitzer 1913, alles hinter sich lassend, was ihm lieb und wert war, nach Lambarene in Gabun, und erbaute direkt am Äquator das Urwaldspital, das bis heute eine Symbolkraft ausstrahlt, wie kein anderes Krankenhaus. Schweitzers innerste Überzeugung entsprach der „Ehrfurcht vor dem Leben – vor allem Leben". Als bereits etablierter Theologe und international anerkannter Experte und Bachinterpret auf der Orgel, musste er all dies nicht vollziehen. Doch er nutzte insbesondere seine Orgelkünste, um mit Konzerten unaufhörlich Spenden zu sammeln, die das Spital finanzierten.

Warum wurde ich Arzt? Mit 12 Jahren, zu einem Zeitpunkt als ich weder wusste, was ein Numerus clausus ist, noch die Mühen eines Studiums kannte, las ich Albert Schweitzers Buch, und wie er sich dieser Idee verpflichtete. Von diesem Moment an war mir bewusst, dass ich eines Tages in eben diesem Spital arbeiten werde. 12 Jahre später ging dieser Traum in Erfüllung. Ich arbeitete in Lambarene, versorgte Patienten im Lepradorf, legte Infusionen bei Säuglingen, behandelte Malaria und Wurmerkrankungen.

Im weiteren Verlauf meines Lebensweges wurde ich Augenchirurg und erforsche an der Universität Heidelberg Augenerkrankungen, Implantate und neue Technologien. Dort traf ich auch König Bansah, der mich bat, einigen Patienten aus Ghana zu helfen, sie zu operieren und ihnen wieder das Augenlicht zu schenken. Schnell merkten wir, dass es eine grundlegende universelle Ethik der „Ehrfurcht vor dem Leben", wie Schweitzer sie beschreibt, gibt und uns verbindet.

König Bansah wurde aus seiner etablierten Tätigkeit in Ludwigshafen überraschend zum König der Ewe in Ghana gekrönt. Die „Ehrfurcht vor den Menschen" dort lässt ihn seit Jahren unermüdlich Spenden in Deutschland sammeln, um in seiner Heimat Ghana Projekte zu finanzieren, Schulen zu bauen, die medizinische Versorgung zu verbessern, und gerade aktuell durch ein modernes Frauengefängnis, unwürdige Zustände für die Betroffenen zu verbessern. Als durchaus begabter Musiker sammelt er Gelder durch Konzerte und Auftritte, und lebt selbst sehr bescheiden mit seiner Frau abwechselnd in Deutschland und Ghana.

Das Buch zeigt sein Leben und sein Lebenswerk über die Jahrzehnte – ungewöhnlich und bewundernswert.

Prof. Dr. med. Gerd U. Auffarth

Einleitung

Es war einmal ein alter König, der hatte viele Kinder und Enkelkinder. Sie alle lebten in einem Land weit weg von hier, mit dem schönen Namen Goldküste. Das Königreich lag an einem großen Fluss, dort war es immer warm. Die Menschen waren zufrieden, obwohl sie nicht reich waren. Auch ihr König war nicht reich, jedenfalls nicht so reich wie unsere Märchenkönige.

Aber die Menschen waren fleißig, sogar ihr König arbeitete täglich, um die Last seines Volkes mitzutragen.

Eines Morgens starb der König und das Volk trauerte viele Monate. Dann war die Zeit gekommen und die weisen Männer und Frauen des Volkes beschlossen, ein neuer König müsse her, und sie fingen an zu suchen ...

Liebe Leser, Sie haben sich nicht in der Sparte vergriffen und halten auch kein Märchenbuch in ihren Händen.

Aber so oder so ähnlich könnte ein Märchen über König Bansah beginnen. Jedoch ist diese Geschichte von König Bansah Wirklichkeit und noch lange nicht zu Ende ...

Das Land heißt heute nicht mehr Goldküste, sondern Ghana, und sein Königreich liegt in einer Region, die Volta-Region heißt, in einer Stadt namens Hohoe.

Sie wissen unterdessen, dass König Bansahs Vorfahre, sein Großvater, König war. Nach dessen Tod wurde Céphas Bansah zum König gekrönt. Sein Vater Obed Bansah schied von der Thronfolge aus, da er Linkshänder war. Ebenso dessen älterer Bruder. In Ghana gilt die linke Hand, ähnlich wie in vielen anderen Kulturen, als unrein. Mit der rechten Hand dagegen wird gegessen, ausgiebig zur Begrüßung und als Zeichen der Wertschätzung die Hände geschüttelt, und nur mit der rechten darf man auf Menschen deuten.

Rechtshänder zu sein, war somit für den damals 44jährigen Céphas Bansah die erste, und, wie er später erfuhr, die kleinste Hürde auf seinem Weg zum Thron.

Wie es begann ...

Die Stammesältesten suchten nun unter den rechtmäßigen Erben des Königs nach seinem Nachfolger, und das dauerte lange, da die Familie groß war und die Ansprüche an den König hoch. Er muss gerecht sein und stark, er muss klug und herzlich sein und sich viel Zeit für sein Volk nehmen. Er muss gut reden, aufmerksam zuhören und glaubwürdig argumentieren können.

Die Ältesten dachten an einen der Enkel des alten Königs, der schon viele Jahre zuvor ins Ausland gezogen war, aber dennoch nie seine Heimat vergessen hatte. Es war dieser junge Mann, der so oft er konnte, nach Ghana reiste, ob mit dem Auto durch die Wüste oder mit dem Flugzeug, der immer ein offenes Ohr für die Sorgen der Menschen hatte und versuchte, ihnen mit dem zu helfen, war er im Ausland gelernt hatte. Dieser Kandidat hieß Céphas Kosi Bansah, lebte in Deutschland und arbeitete in seinem eigenen kleinen Handwerksbetrieb.

Der Königsenkel kam mit 22 Jahren nach Deutschland, lernte in einer großen Landmaschinenfirma und erwarb innerhalb nur weniger Jahre zwei Deutsche Handwerksmeistertitel. Zuerst als Landmaschinenmechaniker-Meister, und anschließend als Kraftfahrzeugmechaniker-Meister. Er gründete eine Familie und richtete sich darauf ein, sein Leben in Deutschland zu verbringen.

Dass die Wahl der Stammesältesten und der Familienmitglieder auf den jungen Céphas fiel, schmeichelte ihm sehr. Aber er musste lange darüber nachdenken, wie er diese lebenslange Aufgabe auch bewältigen könnte.

Der designierte König stellte deshalb Bedingungen, die es in der langen Tradition des Königshauses noch nie gegeben hatte. Er wollte nicht ständig in Ghana leben, nicht, weil er die Sonne Ghanas nicht mochte und die Winter in Deutschland liebte, nicht, weil er den Respekt der Menschen seines Volkes nicht mochte und in Deutschland lieber Autos reparierte. Vielmehr wollte er zum materiellen Wohlergehen seines Volkes beitragen und wusste, dies könne er nur von Deutschland aus gewährleisten. Die Menschen glaubten ihm, brachte er doch schon all die Jahre zuvor Hilfsgüter nach Hohoe, die er zusammen mit seinen deutschen Freunden mühsam zusammengetragen hatte. Und sie glaubten ihm auch, dass der junge König mit moderner Telekommunikation regelmäßig Kontakt mit ihnen halten würde.

Und so kam der große Tag im April 1992. Aus Céphas Bansah wurde Togbe Ngorifiya Céphas Kosi Bansah, König von Hohoe, Gbi Traditional Ghana.

Zur Inthronisation

Wir wünschen keine Habsucht.
Wir wünschen nicht, dass er uns flucht.
Wir wünschen nicht, dass er Menschen Narren nennt.
Wir wünschen nicht, dass er alles selbst bestimmt.
Wir wünschen nicht, dass er immer nur sagt:
„Ich habe keine Zeit, ich habe keine Zeit."
Wir wünschen nicht, dass wir persönlich missbraucht werden.
Wir wünschen, dass er persönlich keine Gewalt anwendet.

Aus Paul Strand, Basil Davidson: *„Ghana: an African Portrait."*
Fraser, London 1976, S. 52, Übersetzung: R. Freise

Meine Jugend in Ghana

Ich wuchs in einer großen Familie auf, mit meiner Mutter und meinen Brüdern, meinem Vater, und mit seinen anderen Frauen, sowie deren Söhne und Töchter.

An meine Kindheit habe ich nur schöne Erinnerungen. In Ghana galt damals schon die Schulpflicht. So marschierte ich Tag für Tag mit meiner schwarzen Schiefertafel und einem Hocker unter dem Arm zur Schule. Da es nicht genügend Schulen und Klassenzimmer gab, saßen wir oft auf unseren Stühlchen unter einem riesigen Baum, meistens einem Mangobaum. Ja, so sah unsere Schule aus. Und wenn es regnete, nahmen wir unseren Stuhl und rannten schnell nach Hause. Wir mussten alles im Kopf behalten, unserem Computer. Es gab anfangs nur die Schiefertafel, später auch Hefte zum Schreiben, und wenige Schulbücher für die ganze Klasse. Die Hefte, da erinnere ich mich genau, waren teuer. Deshalb schrieben wir alles sehr klein und eng zusammen, um keinen Platz zu verschwenden. So reichte uns ein Heft über viele Monate.

Céphas Bansah
im Alter von 20 Jahren in Ghana

17

Nach Schulschluss ging ich Tiere fangen oder jagen, sammelte Feuerholz, was sehr wichtig war, und Wasser zum Kochen und Waschen. Natürlich auch zum Trinken. Ich half regelmäßig meinen Eltern bei ihrer harten Feldarbeit. Im Wald sammelten wir Kinder Schnecken, und im Fluss namens River Dayi, der durch Hohoe fließt, fingen wir unzählige Flusskrebse. Auf den Märkten verkauften wir unseren Fang und übergaben unsere Einnahmen unseren Mamas.

Bei Gewitter beobachteten wir Kinder, wo die Blitze einschlugen. Sobald sich das Wetter beruhigt hatte, sind wir dort hingerannt – in der Hoffnung, Steine mit einem Loch, eingebrannt von der gewaltigen Energie der Blitze, zu finden. Diese Steine waren als Talisman gefragt, wurden gerne als Amulett getragen und auch von den Voodoo-Priestern als Energiesteine geschätzt. Die Finder bekamen richtig gutes Geld dafür.

Mein Opa, der König, unterhielt einen großen Hof mit vielen Häusern aus Lehm, umgeben von sehr viel Land. Wir Geschwister und Nachbarskinder konnten dort ausgiebig spielen. Unsere Mütter kümmerten sich um uns, kochten draußen das Essen, wuschen die Wäsche. Das ist auch heute noch so. Das alltägliche Leben spielt sich im Freien vor den Häusern ab, die Häuser nutzt man nur zum Schlafen. Wir lebten alle friedlich zusammen, Groß und Klein, es gab zwischen den Frauen keine Eifersüchteleien – jedenfalls solange der Vater keine von ihnen vernachlässigte.

Neben all der Arbeit blieb genügend Zeit zum Spielen. Wir waren ständig im Freien unterwegs und lebten glücklich, umgeben von dichtem Urwald. Wir durchlebten tolle Abenteuer. Wenn ich an meine Kindheit im Urwald denke, würde ich diese in jedem Fall einer Kindheit von heute vorziehen.

Wir Jungs liebten es Fußball zu spielen, auch wenn wir keinen richtigen Ball besaßen. Was Fußballschuhe oder Trikots sind, wussten wir damals auch nicht. Die Bälle fertigten wir uns selbst aus Lederresten und Stroh. Wir spielten, egal mit welchen Schuhen. Ärger gab es nur, wenn es unsere guten Schuhe für den Kirchenbesuch waren. Barfuß zu spielen ging natürlich auch.

Wir lernten sehr früh, uns unsere Spielsachen selbst zu basteln, so entstanden z. B. aus alten Corned Beef Dosen Spielzeugautos. Oft stibitzte ich die alten Latschen meiner Oma. Aus den Sohlen schnitt ich die Gummiräder für meine Spielzeugautos. Die Strafe folgte zugleich. Abends durfte ich nicht zusammen mit den anderen Kindern bei meiner Oma verweilen und ihren Gutenachtgeschichten lauschen.

In den 50er Jahren gab es in unserer Stadt noch keinen Strom. Wir ersparten uns die Kerosinfunzeln, die auch nur die Moskitos angezogen haben, und so saßen wir allabendlich im stockfinsteren in unserem Hof zusammen. Nur Mond und Sterne leuchteten für uns.

Wir lauschten liebend gern den Geschichten, die schon unsere Eltern als Kinder gehört hatten, von Ahnen, und großen Voodoo-Priestern, Geschichten aus längst vergangenen Zeiten. Aber gerne auch dem neuesten Klatsch und Tratsch, den die Nachbarn aus anderen Dörfern und Regionen mitbrachten.

Märchen, Fabeln und Lebensweisheiten, dessen Repertoire erschien uns unendlich. Wenn einer aus dem Dorf seinen Freund in einem anderen Dorf besuchte, berichtete er von zuhause und erzählte unsere Geschichten, hörte wiederum dessen Geschichten und Neuigkeiten, die er nach seiner Rückkehr weitererzählte. So verbreiteten sich Geschichten und natürlich auch aktuelle Nachrichten.

Unser Vater Obed war ein hervorragender Geschichtenerzähler. Sehr schade, dass wir nichts aufgeschrieben haben und leider unterdessen vieles vergessen wurde.

Die Fabel von der Schildkröte und dem Adler wird heute noch den Kindern erzählt. Oder die lehrreiche Geschichte über Großzügigkeit und Neid. Neben Märchen- und Geschichtenerzählen diente Musizieren und Tanzen unserer Abendunterhaltung. Wir Kinder tanzten natürlich mit, und lernten so von den Erwachsenen unsere traditionellen Tänze, auch die vielen verschiedenen Trommeln und Musikinstrumente zu spielen. Oder wir schnitzen gemeinsam phantasiereiche Figuren aus Holz.

Wir genossen unser Leben, die Kinder sowieso, aber auch die Erwachsenen. Man könnte meinen, dass wir damals nicht so viele Probleme hatten, wie heute in diesen modernen Zeiten. Wir bauten auf den Feldern unsere eigenen Nahrungsmittel an, hielten unser Vieh und, auch wenn wir dafür weit laufen mussten: Es gab immer sauberes Wasser. Überhaupt war unsere Umgebung viel reiner, der Wald spendete uns zudem ausreichend gesunde Luft, Schatten und Nahrung.

Wir entnahmen der Natur nur, was wir wirklich benötigten, und das schenkte sie uns ohne Zorn.

Neben der Landwirtschaft arbeiteten die meisten Männer und Frauen in einem Handwerksberuf. Unser Vater zum Beispiel, war der Schmied des Dorfes, und ein sehr geschickter dazu. In Hohoe, so erzählt man sich noch heute, ging der Tresorschlüssel der „Bank of Ghana" verloren. Die Verantwortlichen fragten verschiedene Schmiede an, keiner schaffte den schwierigen Job. Dann wurde Vater Obed gebeten, es zu versuchen. Er ging, schaute mit geschultem Blick in das Innere des Schlüssellochs, ging zurück in seine Schmiede, und hämmerte das Gegenstück. Nach nochmaligem Nachjustieren ließ sich der Tresor immer noch nicht öffnen. Papa schleppte daraufhin Amboss, Hammer und Feilen in den Hof der Bank, und arbeitete an dem komplizierten Bart des Tresorschlüssels.

Nach einem weiteren Tag der Feinarbeit schloss der Schlüssel den Tresor auf. Die Direktoren informierten die Hauptstelle in Accra, dass der Schmied Bansah aus Hohoe es geschafft hätte, und sie nun nicht mehr den teuren Schlüssel aus London, wo der Tresor herstammte, beschaffen müssten. Anstatt darüber glücklich zu sein, wollten sie Papa verhaften, wohl aus Angst, er könne sich jederzeit mit einem eigenen Nachschlüssel Zugang zur „Bank of Ghana" verschaffen. Mehr Anerkennung erhielt er dagegen von London, die das handwerkliche Geschick der Menschen in ihrer ehemaligen britischen Kolonie lobten, und insbesondere sein Können zu schätzen wussten. Vater Obed aber war sich sicher: Sein Können verdanke er den Deutschen, und nicht den Engländern.

Sonntags gingen wir gemeinsam zur Kirche. Das war für uns Kinder nie langweilig, wir sangen gern und waren stolz, wenn wir die Musikinstrumente spielen durften. In Hohoe gab es damals nur die R.C.-Church, die Römisch-Katholische Kirche und die EP-Church, die Evangelisch-Presbyterien Kirche. Unsere Familie besuchte die Reverend-Seeger-Memorial-Church, jene EP Church, die damals noch nicht so groß und prächtig war wie heute.

Als ich älter wurde, schickten mich meine Eltern auf eine Technikerschule nach Palimé in Togo. Während dieser Zeit wohnte ich bei Verwandten. Meine Eltern legten großen Wert darauf, dass ihre Kinder einen guten Schulabschluss absolvieren. Sie selbst konnten in ihrer Jugend nur wenige Jahre die Schule besuchen. Und wie alle Eltern auf der Welt wollten auch sie, dass es ihren Kindern später besser gehen solle.

Beide Elternteile wünschten, dass eines der Kinder nach Deutschland ginge, um von den Deutschen, die als Vorbilder galten, zu lernen.

Aber letztlich ausschlaggebend war mein Großvater, der König.

Er wuchs zu Zeiten auf, als unser Land zur deutschen Kolonie „Togoland" gehörte. Er selbst hatte erlebt, wie die deutschen Kolonisten den Bewohnern die verschiedenen Handwerkskünste beibrachten. Das begann beim Schuster über Möbelschreiner und Zimmermann, zum Bäcker, Metzger und zum Bierbrauer.

In den alten Gehöften entdeckt man heute noch die Ziehbrunnen, die unter Anleitung der deutschen Missionare und der Kolonialverwaltung gebaut wurden. Vielleicht ist das der Grund, warum die Ewe als die besten Handwerker unter den Völkern Ghanas anerkannt und geschätzt werden.

In meinem letzten Schuljahr in Togo bot sich endlich die Gelegenheit dazu – ein internationaler Austausch der Deutschen Regierung von Bonn-Bad Godesberg wurde angeboten. Unser Lehrer an der Technikerschule namens Schmitt, schlug mich dafür vor. Ich schrieb fleißig Bewerbungen – alle in deutscher Sprache – um eine Ausbildungsstelle als Techniker oder Mechaniker in Deutschland anzutreten. Wie glücklich war ich, als nach zwölf Wochen die ersten Briefe aus Deutschland in meiner Postbox lagen. „Hurra, es hatte geklappt, ich konnte sogar auswählen." Ich entschied mich für einen handgeschriebenen Brief mit der schön geschwungenen altdeutschen Schrift. Diese Schrift war mir vertraut, genauso hatte ich sie in der Schule von unserem Lehrer, Herrn Schmitt, gelernt. Der Absender musste demnach ein richtiger Deutscher sein. Zu ihm zog es mich regelrecht hin.

Es dauerte allerdings noch fast ein Jahr, bis alle Formalitäten erledigt waren: Pass, Visa, Arbeitserlaubnis, Flugticket.

Aber dann war es soweit. Meine Mutter beschaffte einen Koffer und trieb Pullover und Jacken auf. Sie wusste, in Deutschland kann es sehr kalt werden, und man hörte, dort falle sogar Eis vom Himmel.

Sprichwörter aus Ghana

Arm und Reich benutzen im Urwald denselben Pfad.

Man soll den Elefanten nicht fürchten, wenn er schreit.

Die Schlange kann sehr lang werden,
sie wird nie ihrer Mutter wehtun.

Kocht der Kessel das Essen nicht,
bringt das auch die Flasche nicht fertig.

Die Erde weist keinen Toten zurück.

Auch mit schmutzigem Wasser kann man einen Brand löschen.

Wer einem Elefanten folgt,
dem kann der Tau nichts anhaben.

Den Toten kann man begraben, doch nicht seine Worte.

Der Hund hat die Knochen nicht lieber als das Fleisch,
aber lieber als gar nichts.

Quellen: *Afrikanische Goldgewichte*, INSEL – Bücherei Nr. 1040;
Afrikanische Sprichwörter, Verlag J. Hegner, Köln 1969;
R. Paqué: *Auch schwarze Kühe geben weiße Milch*,
Mainz 1976, Zusammenstellung: T. Kleefeld

Lehrjahre sind keine Herrenjahre

Im Spätjahr 1970 war es endlich soweit. Meine Reise nach Deutschland begann. Die ganze Familie Bansah begleitete mich nach Accra zum Flughafen. Es wurde ein trauriger Abschied, vor allem für meine Mutter. Ich jedoch war voller Tatendrang, wollte die für mich so neue Welt schnellstmöglich kennenlernen. Das Abenteuer „Deutschland" nahm seinen Lauf. Zum ersten Mal im Leben betrat ich ein Flugzeug. Mit der „Deutschen Lufthansa" flog ich nach Frankfurt. Alle beteuerten, die Lufthansa wäre das sicherste Flugzeug der Welt. So verlor ich bald meine Angst und konnte in Ruhe die ungewohnte Aussicht genießen.

Welch ein Luxus, der mir da begegnete. Nette Stewardessen fragten nach meinem Wohlbefinden, brachten Kissen und Decken und Zeitungen – ich fühlte mich wie ein kleiner König. Später servierten sie kostenloses Essen und Getränke. Ich flog regelrecht über den Wolken.

Am frühen Morgen des folgenden Tages landete ich in Frankfurt. Am Vortag war ich noch vom „Kotoka-Airport" in Accra beeindruckt, nun war ich vollends erschlagen vom „Frankfurt International Airport". Ich konnte meine Blicke kaum abwenden von der riesigen Ankunftshalle, von den hohen Decken, welche nur von wenigen Stahlträgern gestützt schienen. Wie kann so etwas nur halten? In der Halle wimmelte es von Flugreisenden, die von ihren Liebsten umarmt und abgeholt wurden.

Wer, und vor allem, was würde mich erwarten? In Gedanken versunken, trat ein Herr auf mich zu und fragte mich auf Englisch, ob ich Céphas Bansah aus Ghana sei.

Ein Mitarbeiter der Firma Paul Schweitzer, Herr Bludau, war geschickt worden, um mich vom Flughafen abzuholen und nach Ludwigshafen zu bringen. Die Firma hatte für mich bereits ein Zimmer gebucht, in einem katholischen Heim in Ludwigshafen, in der Kaiser-Wilhelm-Straße.

„Kaiser Wilhelm – wir wollen unseren alten Kaiser Wilhelm wiederhaben, wir wollen unseren alten Kaiser Wilhelm wieder haben", intonierte es sofort in meinem Kopf. Das sangen wir doch als Kinder, hatten es wohl von den Alten aufgeschnappt. Nun sollte ich in der Kaiser-Wilhelm-Straße leben. Deutsche Geschichte – und ich mittendrin.

Ich richtete mich in meinem neuen Zuhause ein. In der ersten Nacht fror ich fürchterlich. Ich zog nahezu alles an, was mein Kleiderschrank hergab. Erst am nächsten Morgen erklärte mir die Heimleitung, dass sich Leintücher, Decken und Federbetten im Bettkasten befänden. Gleich nach dem Frühstück, es gab Kaffee, Wurst-und Käsebrote, für mich sehr ungewohnt, wurde ich abgeholt.

Der erste Tag meiner Lehrzeit begann. Nach und nach lernte ich meine neuen Kollegen kennen. Viele von ihnen wurden später meine Freunde.

Ich war sehr stolz, in der Firma Paul Schweitzer aufgenommen zu werden. Wir reparierten landwirtschaftliche Maschinen aller Art für die Pfälzer Gemüsebauern, Pressen für Trauben und erstellten Futtersilos, Wir montierten Lanz-Bulldogs als erste Firma in Europa, später in Kooperation mit John Deere auch die großen grün-gelben John-Deere-Traktoren, die in alle Welt geliefert wurden. Bestimmt auch nach Ghana.

Die Firma Paul Schweitzer, vom Vater des damaligen Inhabers gegründet, war mit modernen Gerätschaften ausgestattet. Auch die Werkstattgebäude waren neu. Unser Chef erzählte, dass noch wenige Jahre zuvor diese Firma auf dem Gelände des heutigen Hauptbahnhofs in Ludwigshafen angesiedelt war. Sie musste dann wegen städtebaulicher Veränderungen das Grundstück an die Deutsche Bahn abtreten.

Céphas Bansah, während der Ausbildung bei der
Firma Paul Schweitzer, Limburgerhof, 1972 ...

... an der Drehbank in der Berufsschule
in Ludwigshafen, 1972

Lehrjahre sind keine Herrenjahre, diesen Spruch hörte ich ständig. Aber so richtig verstanden habe ich ihn damals nicht. Die Arbeit war hart, das stimmt, aber das war ich aus meiner Heimat in Ghana längst gewohnt. Arbeiten in der Kälte waren allerdings die schlimmsten Strafen für mich. Und als „kalt" empfand ich damals auch einen Sommertag im August. Da wir viel im Freien arbeiteten, oft auf den Höfen der Landwirte, packte ich mich in dicke Arbeitsanzüge, darunter warme Unterwäsche und Pullover, und natürlich durfte eine wärmende Mütze nicht fehlen.

Mein erster Winter in Deutschland, 1970

Allmorgens wurden ich und einige andere Mitarbeiter, die in der Nähe wohnten, von unserem Meister mit einem Kleinbus abgeholt und in die Firma nach Limburgerhof, nahe Ludwigshafen, gefahren.

Aber, egal wie früh ich im Betrieb war, der Seniorchef Ottmar Schweitzer war bereits da. Und abends, wenn ich meinen Arbeitsanzug schon ausgezogen hatte, saß er immer noch im Büro, oder hantierte in der Werkstatt. In Ghana hatte ich nie erlebt, dass ein Mann, obwohl schon reich und wohl angesehen, dazu mit so vielen Mitarbeitern, immer noch so hart arbeitete. Aber er war eben ein Deutscher. Typisch. Das hatte mir gefallen. Er war sich nicht einmal zu schade, selbst den Besen in die Hand zu nehmen, um unsere Werkstatt und den Hof auszufegen. Darauf angesprochen, meinte er, wenn der Chef keinen Wert auf Sauberkeit und Ordnung legt, wie kann er es dann von den Mitarbeitern erwarten.

Herr Schweitzer war neben der Arbeit in seinem eigenen Betrieb außerdem Bundesvorsitzender und Präsident der „Hauptarbeitsgemeinschaft des Landmaschinenhandels und -handwerks". Bis ins hohe Alter war er auch sportlich sehr aktiv und erfolgreich. In seiner Wohnung und im Büro standen unzählige Pokale, Medaillen und gerahmte Ehrenurkunden. Er liebte Rudern, Dressurreiten, Wasserskilaufen. Zum Wasserskilaufen, ich hatte bis dato nicht gewusst, dass es so einen Sport überhaupt gab, nutzte er sein Motorboot, egal ob auf dem Rhein oder im Mittelmeer. Für mich bedeutete es eine sehr große Wertschätzung, wenn er mich mit der Überprüfung des Motors beauftragte.

Einmal musste ich ihm ein Ersatzteil aus Deutschland bringen, – er machte gerade mit seiner Familie in Griechenland Urlaub – sein Boot reparieren, und dafür drei Tage auch dort verbleiben. Die Tage wurden auf meinen Urlaub angerechnet.

Jahre später, als ich schon lange selbständig war, hatte ich diese Arbeitsauffassung von Herrn Schweitzer als Vorbild vor Augen, sie war für mich Motivation und Ansporn zugleich.

Die Ausbildung zum Landmaschinenmechaniker bereitete mir große Freude. In der Berufsschule, zuerst war ich in Speyer und später in Bad Dürkheim, war ich mit meinen 23 Jahren einer der ältesten Schüler. Meine Klassenkameraden waren überwiegend Söhne der landwirtschaftlichen Betriebe in der Umgebung.

Unsere Schulen waren damals noch gut besucht, jede handwerkliche Fachrichtung hatte volle Klassen. Damals gab es noch keine Nachwuchssorgen.

Von meinem Lehrlingslohn konnte ich mein Zimmer bezahlen, sparsam leben und sogar noch Geld beiseitelegen. Ich wollte baldmöglichst den Führerschein machen, und mir ein kleines Auto kaufen.

Mein Bestreben war es, so viel wie möglich von meiner Umgebung zu lernen, und nach Möglichkeit so zu leben wie meine Mitmenschen.

Von Anfang an war ich begeistert, von der Technik, auch von der Architektur, die in Deutschland vorherrscht. Gebäude, um 1700 errichtet und über Generationen erhalten und bewahrt, sahen perfekt aus.

In Ghana finden sich solche alten Häuser nicht. Unsere überwiegend aus Lehm gebauten Häuser, und deren mit Stroh oder Wellblech gedeckten Dächer, stehen nicht so lange. Die starken Regenfälle und die fehlende Pflege fordern ihren Tribut.

In Deutschland erlebte ich auch keine Ausfälle in der Wasser- und Stromversorgung. Alles lief wohl durchdacht und von langer Hand und findigen Ingenieuren geplant. Die Stromleitungen waren in der Erde vergraben, ich sah keine offenen Abwasserkanäle, und keine Kinder, die täglich das benötigte Wasser auf dem Kopf nach Hause schleppten, oder Feuerholz zum Kochen holen mussten. Von diesem deutschen Volk konnte man nur lernen, mein Großvater hatte absolut Recht.

Ich wollte mir, aber auch meinen Freunden in Deutschland beweisen, dass auch ich es zu etwas bringen konnte. Schon damals hatte ich mir das Ziel gesetzt, mindestens die Hälfte von dem zu erreichen, was in meinen Augen ein Deutscher leistete. Ich habe Land und Leute bestaunt und beobachtete die Menschen in meiner Umgebung – bei jeder Gelegenheit. Ich wollte herausfinden, wie sie es anstellten, so erfolgreich zu sein.

Das hat mir auch gezeigt, wie wichtig Bildung überhaupt ist. Ein Thema, das mich nie mehr losgelassen hat. Und es hat mir bewiesen, wie wichtig es ist, dass alle Menschen eine Grundausbildung erfahren. Denn Wissen verbindet, und wenn man sich auf gleicher Augenhöhe begegnet, dann ist die Verständigung gewährleistet. Das war eine meiner wichtigsten Erkenntnisse, die ich gewonnen habe.

Von Anfang an Anfang war mir bewusst, dass ich ohne Leistung und Opfer niemals mein mir selbst sehr hochgestecktes Ziel erreichen würde. Eigentlich wollte ich ein „noch besserer Deutscher" werden. Ich war jung und Arbeiten und Lernen fielen mir leicht.

In meiner Freizeit half ich in den elterlichen Betrieben meiner Schulkameraden, bei der Feldarbeit und bei der Ernte und, wir sind schließlich in der Pfalz, auch bei der Weinlese. So verdiente ich mir etwas dazu und lernte auch die einzelnen Familien näher kennen. Das hat mir sehr gut gefallen, erinnerte mich das Zusammenleben von mehreren Generationen auf den Höfen doch an meine eigene Familie in Ghana. Während die Eltern in der Landwirtschaft arbeiteten, versorgten die Großmütter den Haushalt und halfen den Kindern bei den Hausaufgaben. Die Meinung des Seniorchefs war gefragt und er wurde respektiert.

Die kleinen Kinder rannten verängstigt zu ihren Müttern und Omas, hatten sie doch noch nie einen schwarzen Menschen gesehen. Zu vielen der zwischenzeitlich Erwachsenen habe ich heute noch Kontakt, und sie erzählen mir amüsiert von ihren damaligen Ängsten vor dem „Schwarzen Mann".

Die Omas mochten mich besonders, sie versorgten mich mit Pfälzer Spezialitäten, Sauerkraut, Leberwurst und Bauernbrot. Sie dachten offensichtlich, ich wäre am Verhungern, tatsächlich wog ich nur 42 Kg –, und sei der schweren körperlichen Arbeit nicht gewachsen. Durch den engen Kontakt mit den Familien lernte ich auch schnell den pfälzischen Dialekt. Das war sehr wichtig, um die Leute gut zu verstehen und auch von ihnen besser akzeptiert zu werden. Alle sprachen damals Dialekt, von Dorf zu Dorf teils mit wesentlichen Unterschieden.

Meine Frau, die aus Ludwigshafen stammt, amüsiert sich heute noch über meine „Sprachkenntnisse" und erzählt gerne die Geschichte, als wir an einem Samstagnachmittag in einem Dorf bei Kaiserslautern in der Westpfalz unterwegs waren. Wir wollten zu einer Veranstaltung und mussten uns nach dem Weg erkundigen.

So fragten wir zwei Frauen, die mit Schürze bekleidet und mit Besen in den Händen „die Gass kehrten".

Sofort brachen sie in einen freundlichen Redeschwall aus, unterstrichen durch heftige Gesten ihre Erklärungen und ich bedankte mich und fuhr los. Daraufhin klopfte mir meine Frau verwundert auf die Schulter und fragte, ob ich das verstanden hätte und nun den Weg wüsste. Sie hatte den speziellen Dialekt nämlich nicht verstanden.

Mit meinem aus Büchern gelernten Hochdeutsch kam ich in der Schule ganz gut zurecht, zumal sich die Lehrer in meiner Berufsschule Zeit für mich nahmen und hilfreich erklärten.

Aber wenn ich dazu gehören wollte, musste ich die Sprache und die Gepflogenheiten vollständig beherrschen. Es half sehr, wenn ich zusammen mit Kollegen, und später auch alleine, auf die Bauernhöfe fuhr, um landwirtschaftliche Geräte auszuliefern, die Landwirte einzuweisen oder defekte Maschinen zu reparieren. Ich wurde akzeptiert, das freute mich, von Rassismus keine Spur. Und die Bauern freuten sich, wenn ich beim angebotenem Vesper, genauso zulangte wie meine Kollegen: Leberwurst, Griebenwurst, Schwartenmagen, Saumagen, Kartoffelsuppe, Bratwurst und gutes Brot. Die kulinarische Basis für meine Kurpfälzer Seele war gelegt.

Zu der Ausbildung gehörten zahlreiche Lehrgänge an unterschiedlichen Orten. Manchmal schliefen wir dann in einem Heim, und ich gehörte dazu wie alle anderen.

Keine Spur von Ausgrenzung. Manchmal fragten die Kursteilnehmer aus anderen Berufsschulen interessiert, woher ich komme, und noch bevor ich antworten konnte, taten es meine Kameraden. Voller Stolz.

Nichts war mir fremd und auch ich selbst war niemandem fremd. Manchmal vergaß ich meine Hautfarbe, und so fühlte ich mich während meiner Ausbildung bereits in die deutsche Gesellschaft integriert.

Geholfen hat mir auch der Umgang mit meinem Chef, Herrn Schweitzer. Ich habe zu ihm wie auf einen Vater aufgeschaut, und seine Familie hat mich wie einen eigenen Sohn aufgenommen. Dafür war ich ihm sehr dankbar. Sehr oft habe ich gemeinsam mit der Familie Schweitzer am Familientisch gegessen, habe an den Festen teilgenommen wie Ostern und Weihnachten. Herr Schweitzer, der sehr gläubig war, hat mich auch angehalten, regelmäßig in die Kirche zu den Gottesdiensten zu gehen. Das kannte ich von zuhause, wir wurden alle christlich erzogen.

Einige Monate später wohnte ich im Christlichen Jugenddorf im Limburgerhof, bevor ich meine erste eigene kleine Wohnung anmietete. Eigentlich war es nur ein großes Zimmer mit Kochgelegenheit, und einer Toilette im Hof. Aber ich war sehr stolz darauf.

Yamswurzel,
Plantains/Kochbananen und eine Taro

Meine Freunde kamen gern zu mir, und ich kochte für sie ghanaische Gerichte. Oft gab es Hühnchen in einer scharfen Soße mit Gemüse. So wie ich es von meiner Mutter gelernt hatte. Sie hatte mich auch gelehrt, sparsam zu haushalten.

Das Essen musste für mehrere Abende reichen und wurde mit Tomaten und Spinat gestreckt. An das traditionelle kalte typisch deutsche Abendbrot, Brot, Wurst und Käse, konnte ich mich nie gewöhnen. Aber ich liebte die Pfälzer Kartoffeln, und das Sauerkraut. In dieser Zeit konnte man hier noch keinen Maniok, Yamswurzel oder Plantains, die Kochbananen, erwerben. Heute gibt es das alles mit den typischen Gewürzen aus Ghana in den zahlreichen Afrika-Shops zu kaufen. Aber in den 70er Jahren galten diese Lebensmittel noch als exotisch.

Ich wohnte später für einige Zeit in einer Souterrain-Wohnung bei Pfarrer Köhler in Ludwigshafen-Stadtmitte. Bei ihm trafen sich junge Leute, die damals Informationsveranstaltungen und Spendensammlungen organisierten – für die notleidenden Menschen des Biafra-Krieges. Die Menschen vom Volk der Igbo in der Region Biafra im Südosten von Nigeria wollten unabhängig werden von Nigeria, und ein unerbittlicher Bürgerkrieg tobte. Millionen von Menschen starben, und vor allem die hungerleidenden Kinder rührten die Herzen der Deutschen. Sie sammelten Geld und engagierten sich auch politisch. Heute wissen wir, es ging nicht nur um die Unabhängigkeit von Nigeria, die Herauslösung aus den von den Briten nach Ende der Kolonialherrschaft im Jahr 1960 gesetzten Ländergrenzen, es ging auch um Erdöl und um Religion. Aber damals waren mir die Zusammenhänge noch nicht bewusst.

Ich war sehr angetan von dem großen Engagement der jungen Leute in Deutschland, unterstütze sie, wo ich nur konnte, und wunderte mich: Wir in Afrika entfachen einen Bürgerkrieg, leiden, hungern, sterben und die Deutschen stehen für uns ein, geben Geld, schicken Material, arbeiten vor Ort um diese humanitäre Katastrophe zu lindern. Es heißt, die Organisation „Ärzte ohne Grenzen" habe sich deswegen gegründet. Das alles hat mir wahnsinnig imponiert und meinen Glauben an die guten Deutschen noch mehr verstärkt.

Samstags abends genoss ich, was alle jungen Leute damals unternahmen. Wir trafen uns in den zahlreichen, für heutige Verhältnisse kleinen Discotheken und Clubs in der näheren Umgebung. Angesagt waren damals deutsche Schlager, aber auch Soul-Musik. Wir hörten Musik und tanzen dazu. James Brown, The Temptation,

Aretha Franklin, Mariah Makeba, deren Musik wurde ständig gespielt. Diese Musik lag mir im Blut. Oft habe ich das Mikrophon gegriffen und auf der Bühne gesungen. Das kam so gut an, dass ich regelmäßig im Schamana, unserer Lieblingsdisco, auftrat und mir dadurch etwas dazuverdienen konnte.

Auftritt in der Disco, 70er Jahre

Ein Freund nahm mich eines Tages zum Boxtraining mit.

Das bereitete mir große Freude, da ich schon immer gern Sport getrieben habe. Der Trainer erkannte mein Talent und Biss. So trainierte ich regelmäßig, nahm an Wettkämpfen teil und schaffte es 1975 bis zum Südwestmeister im Fliegengewicht.

Im Jahr 1972 hatte ich genügend Geld gespart, um den Führerschein machen zu können. Das wollte ich unbedingt, um mir ein Auto zu kaufen. Mein Vater Obed war in Hohoe einer der ersten, der ein Motorfahrzeug besaß. Ich erinnere mich an einen Bedford und einen Austin, mit Holzaufbauten zum Personentransporter umfunktioniert.

Meine theoretische Prüfung haftet mir noch gut im Gedächtnis. Der Prüfer wollte mir die Fragebögen in Englisch oder Französisch vorlegen, ich aber bestand darauf, die Prüfung in Deutsch abzulegen, obwohl ich noch keine zwei Jahre hier lebte.

Das Angebot, die Prüfung nicht in der Fahrschule, sondern beim TÜV abzulegen, da mir dort 15 Minuten länger gewährt wurden, nahm ich gern an. Den wohlgemeinten Hinweis, wenn ich durchfiele, könnte ich die theoretische Prüfung wiederholen, überhörte ich geflissentlich. Ich habe die theoretische und auch die praktische Führerscheinprüfung auf Anhieb bestanden.

Heimweh

Mitte der 70er Jahre reiste ich zum ersten Mal wieder nach Ghana. Aber nicht etwa mit dem Flugzeug, nein, mit vier Freunden und drei Mercedes-Kleinbussen bewältigten wir die weite Strecke. Wir fuhren bis nach Genua und setzen dort mit der Fähre nach Tunesien über. Dann durchquerten wir Algerien, Niger, Benin, Togo, und erreichten schließlich Ghana.

Wir waren fast drei Wochen unterwegs. Als besonders beschwerlich erwies sich die Durchquerung der Wüste. Tagsüber kletterten unsere Thermometer auf 60 Grad, aber nur solange, bis die Quecksilberthermometer in der Hitze platzen. Ohne unseren Begleiter, einen ortskundigen Tuareg, hätten wir das nie geschafft. Er musste oft aussteigen und uns zu Fuß durch den tückischen Wüstensand lotsen. Dennoch mussten wir mehrmals mit Schaufeln, und unter die Antriebsräder geschobenen Gittern, unsere festgefahrenen Fahrzeuge befreien.

Wenn die Nacht hereinbrach, waren wir sehr froh, 30 Kilometer über den Tag geschafft zu haben.

Unterwegs füllten wir die großen Kanister mit Sprit, und auch die extra vergrößerten Tanks unserer Fahrzeuge.

Und natürlich füllten wie auch unsere riesigen Wasserbehälter. Wasserreinigungstabletten halfen uns, das nicht ganz so reine Wasser zu vertragen. Das Wasser wurde nur zum Trinken und Kochen genutzt, gewaschen haben wir uns nicht, dazu war es zu kostbar.

Das klingt im Nachhinein schrecklich, sich bei der Hitze nicht waschen zu können, aber nach nur wenigen Tagen haben sich unsere Körper dran gewöhnt, und keiner stank nach Schweiß (oder wir haben es nicht gerochen).

In unseren Fahrzeugen hatten wir auch unsere Nahrungsvorräte und unsere Campingkocher verstaut. Wir aßen Konserven mit Obst, Gemüse, Fisch, und dann Spaghetti mit Tomatensoße, und immer wieder Ravioli. Ich kann diese bis heute nicht mehr essen, es war einfach zu viel des Guten.

Rast in Tamaraset

Nachdem sich der Tuareg verabschiedet hatte, waren wir auf Kartenmaterial, unseren Kompass und den Blick auf Sonne, Mond und Sterne angewiesen. GPS gab es damals noch nicht, auch verfügten wir während der ganzen Reise über kein Telefon. Wir mussten keine Angst vor Überfällen haben und schliefen meist auf unseren Autodächern, oder einfach auf einer Decke im Wüstensand. Wir erfreuten uns an dem nächtlichen Schauspiel vorbeiziehender langer Karawanen. Auch Beweis, dass wir uns auf der richtigen Route befanden.

Schade, ich verfüge leider über keine Fotos von der Reise, es wären wunderschöne Postkartenmotive.

In Benin änderte sich die Vegetation sichtlich. Die Wüste wich zusehends. Buschland und Wälder bestimmten nun die Landschaft, die Temperaturen sanken auf erträgliche 35° Celsius.

Und wir sahen wieder Menschen in den Straßen und Dörfern, Männer und Frauen. Endlich vernahm ich die mir vertrauten Sprachen: Französisch und Ewe. Bald würde ich zu Hause sein.

Von Benin aus durchfuhren wir Togo bis runter an die Atlantikküste. Die Bergroute in die Voltaregion Ghanas, die viel kürzer ist, war nicht passierbar. Aber auf die wenigen Hundert Kilometer mehr kam es auch nicht mehr an. Von Togo aus ging es westwärts nach Ghana, und wieder ein Stück nördlicher bis nach Hohoe.

Wir waren endlich am Ziel angekommen, unser Abenteuer hatten wir glücklich überstanden. Der Zweck unserer Reise war jedoch nicht die abenteuerliche Fahrt mit extra dafür, von uns eigenhändig präparierten, Fahrzeugen. Es war ein humanitärer Einsatz.

Zusammen mit meinen Freunden hatten wir Medikamente und weitere Hilfsgüter aus Deutschland für Hohoe gesammelt. Die 70er Jahre bedeuteten, wirtschaftlich gesehen, eine sehr schwere Zeit für Ghana. Mein Bruder Fridolin erzählt noch heute, dass es damals in unserer Stadt nicht eine Packung Paracetamol gab, bis wir unsere Mercedes-Busse entluden.

Es bereitete mir eine große Freude, meiner Familie und auch meinen Freunden, Nachbarn, einfach den Menschen in Hohoe, etwas schenken zu dürfen. Ich wusste, dass es deren Erwartungshaltung entsprach: Wenn jemand in die Fremde zieht, möge er auch etwas zurückbringen.

Die Fahrzeuge ließen wir in Ghana zurück und traten nach zwei Wochen unseren Rückflug nach Frankfurt an.

In den folgenden Jahren wiederholte ich noch zweimal diese Tour.

Ohne Fleiß kein Preis

Wieder zurück in Deutschland kniete ich mich in die Arbeit. Lehrgänge und Prüfungen standen bevor.

Ich liebte die Abwechslung der mehrtägigen Lehrgänge und war gerne mit Berufskollegen aus anderen Betrieben beisammen. Oft meinten sie, mich herausfordern zu müssen, in dem sie mich dazu auserwählten, die schwierigsten Jobs zu erledigen, die kompliziertesten Gerätschaften zu testen oder auf die höchsten Silos zu klettern. Aber sie ahnten nicht, dass ich solche Herausforderungen geradezu liebte, um so meine technischen und handwerklichen Kenntnisse und meine körperliche Fitness beweisen zu können.

Auch meine Sprachkenntnisse waren gefragt. Schon während meiner Ausbildung schickte mich mein Chef nach Frankreich. Die Firma Schweitzer hatte den Vertrieb der französischen VASLIN-Weinpressen übernommen, und da außer mir niemand in der Firma fließend Französisch sprach, durfte ich an die Loire reisen. Den dort über die neue Weinpresse gelernten Stoff, vermittelte ich nach meiner Rückkehr den Mitarbeitern unserer Firma.

Dadurch stieg mein Ansehen unter meinen Kollegen erheblich. Ein paar Tage nach meiner Gesellenprüfung musste ich zusammen mit Mitarbeitern des englischen Herstellers und Monteuren aus England, Italien und USA, ein großes Silo für Mais-Silage bei unserem Kunden in der Westpfalz aufbauen. Wie immer arbeitete ich ganz oben auf dem Silo und fungierte als Dolmetscher, worüber sogar die Presse berichtete.

Schon damals war in mir der Entschluss gereift, es nicht beim Landmaschinenmechaniker zu belassen. Nach der Gesellenprüfung wollte ich die Meisterprüfung in diesem Handwerk ablegen. Mein

Chef verstand das sehr gut und unterstützte mich in meinem Vorhaben. Er wandte sich an die Ausländerbehörde und wurde persönlich vorstellig, um eine Verlängerung meiner Arbeitserlaubnis zu erreichen.

Nur so gelang es mir, die erforderlichen Gesellenjahre abzulegen, um den Aufnahmeantrag zur Meisterprüfung stellen zu dürfen. Ich nutzte die Zeit, arbeitete fleißig im Betrieb Schweitzer, und sparte so viel Geld wie nur möglich.

Endlich war es soweit, ich durfte mich an der Meisterschule in Kaiserslautern einschreiben. Ich hatte mich für die Abendkurse entschieden, so dass ich tagsüber arbeiten und erst nach Feierabend in das 60 km entfernte Kaiserslautern fahren konnte. Mit meinem eigenen VW-Käfer.

Die Meisterprüfung habe ich im Oktober 1979 bestanden, knappe 9 Jahre, nachdem ich Ghana verlassen hatte und nach Deutschland kam. Davon umfassten 3,5 Jahre meine Lehrzeit und die vorgeschriebenen 5 Jahre Gesellenzeit.

Ich habe immer an mich geglaubt, und keine mir gebotene Chance ausgelassen.

Und die nächste Chance eröffnete sich prompt. Die Firma Paul Schweitzer übernahm als eine der allersten in Deutschland eine Vertretung der Automarke Toyota. Neue Auszubildende kamen, diesmal welche für das Kfz-Handwerk. Wie bei den Landmaschinenmechanikern kümmerte ich mich als Meister auch um deren Ausbildung. Bis eines Tages die Handwerkskammer monierte, dass in unserer Firma kein Kfz-Meister beschäftigt wäre. Landmaschinenmeister durften nämlich die Automechaniker-Lehrlinge nicht ausbilden.

Darauf habe ich mich erneut bei der Handwerkskammer in Kaiserslautern für die Meisterschule eingeschrieben, diesmal für das

Kfz-Handwerk. Diesen Meistertitel habe ich 1983 erhalten. Heute schmücken beide Meisterbriefe meine Werkstatt.

Meine Meisterbriefe an der Werkstattwand

Inzwischen verheiratet und mit zwei kleinen Kindern, wagte ich im gleichen Jahr 1983 den Schritt in die Selbstständigkeit. Die angebotenen Kredite für junge Selbstständige wollte ich nicht annehmen.

Ich wollte lieber klein, aber schuldenfrei starten. Was wäre gewesen, wenn ich sie nicht hätte zurückzahlen können? Ich konnte nicht auf eine Finanzspritze meiner Familie setzen, wie viele meiner Berufskollegen aus meiner Meisterklasse.

In der umgebauten Scheune hinter unserem Wohnhaus in Ludwigshafen-Maudach richtete ich meine erste Werkstätte ein. Sie sah weniger wie eine in Deutschland übliche Autowerkstatt aus, eher wie eine ghanaische. Den ersten Luxus den ich mir leistete, war eine gebrauchte Hebebühne, die ich eigenhändig abgebaut und in meiner Scheune wiederaufgebaut hatte.

Und die ersten Kunden kamen vermutlich eher aus Neugierde, was der junge Schwarze da wohl trieb, als aufgrund ihres Vertrauens, ihr Auto, ihr allerliebstes Stück, in meine Hände zu geben.

Der Anfang war nicht einfach. Aber nachdem immer mehr Studenten aus dem nahen Mannheim und Heidelberg ihre VW-Käfer, Renault R 5 und Enten, die damals sehr beliebten Citroen, zu mir zur Reparatur brachten und erfreut über meine gute Arbeit und die günstigen Preise entsprechende Mundpropaganda machten, ging es aufwärts. Mein damals erworbener Ruf, Fahrzeuge mit Kontakten und Vergasern perfekt reparieren zu können, reicht bis in die Gegenwart.

Noch immer bringen Kunden ihre mittlerweile betagten Schätzchen zu mir.

Ich investierte in die Ausstattung meines kleinen Unternehmens, erwarb nach und nach Werkzeuge und war glücklich, auf Auktionen günstige gebrauchte Druckluftkompressoren, Reifenauswuchtmaschinen, Schlagbohrer und andere Gerätschaften erstehen zu können. Nach und nach etablierte ich mich. Mein Kundenstamm wuchs, bald beschäftigte ich Gesellen und Auszubildende. Der Platz in der Scheune wurde zusehend zu klein. Leider konnte ich in dem reinen Wohngebiet nicht expandieren, und so zog ich in eine größere Betriebsstätte mit Wohnhaus um, wo ich heute noch lebe.

Im Laufe der Jahre haben vierzehn deutsche Jugendliche bei mir gelernt, ihre Gesellenprüfung bestanden und sind erfolgreiche Automechaniker geworden.

Der Anruf

Ich sollte König werden, das war der wichtigste Inhalt eines langen Telefonanrufs, den ich Anfang 1992 erhielt. Dieses Begehren kam völlig überraschend für mich, war mein Großvater doch schon einige Jahre verstorben und der Thron unbesetzt.

„Warum jetzt und warum ich?"

Die Ältesten beratschlagten schon lange, wer der beste Nachfolger sein könnte. Die Bansah Familie ist groß, und dementsprechend lang dauerte die Suche.

Da der König sein Amt lebenslang innehat, muss sich der Ältestenrat absolut sicher sein, den richtigen Kandidaten ausgewählt zu haben. Das Leben vieler Söhne wurde durchleuchtet, der eine oder andere kam in die nähere Auswahl. Bis die Reihe an mir war. Das Komitee wusste von „diesem Sohn", der Ghana viele Jahre zuvor verlassen hatte, aber seine Heimat nie vergaß. Meine zahlreichen Besuche und die Hilfsprojekte waren in guter Erinnerung geblieben.

Da ich um die Tradition und die Verantwortung wusste, die mit diesem Amt verbunden ist, konnte ich nicht sofort zusagen. Ich versprach, mich in ein paar Tagen zu melden. Ich musste darüber nachdenken, nicht etwa ob ich das Amt annehmen werde, das wurde für mich sofort aus dem Bauch heraus mit „Ja, ich will" entschieden, ich musste vielmehr überlegen, wie ich die neuen Aufgaben bewerkstelligen konnte. Ich beriet mich mit der engsten Familie in Ghana, auf deren Unterstützung konnte ich zählen.

Meine deutsche Familie riet mir, das Amt annehmen. Es war gut, dass sie zu diesem Zeitpunkt keine Ahnung hatte, wie sehr dieses Amt unser Leben hier in Deutschland beeinflussen würde.

Nun war Eile geboten, ich musste meine Reise vorbereiten und ich wollte meine besten Freunde aus Deutschland um mich wissen. Welche große Freude für mich, es klappte und viele reisten mit mir.

Auch die Medien zeigten sich interessiert. Ein TV-Team begleitete uns.

Gleich nach meiner Ankunft in Hohoe wurde ich in Quarantäne genommen. Ich verbrachte mehrere Tage und Nächte, abgeschieden in einer kleinen Hütte, im Busch. Medizinmänner, Schamanen und die Ältesten aus verschiedenen Stämmen weihten mich in die Rituale ein, schnitten mich mit Messern an verschiedenen insgesamt zwölf Stellen meines Körpers, an Händen, Füssen, Armen, Beinen, Knien, Brust und Rücken. In die frischen Schnittwunden wurde von den Medizinmännern hergestelltes Pulver aus Kräutern und Knochen eingerieben. Durch diese Zeremonie, begleitet von monotonen Gesängen, gelingt der Kontakt zu den Ahnen. Sie lehren mich über Mut, Kraft und Verantwortung. Mehr darf ich zu dieser Prozedur allerding nicht berichten. Fakt ist, dass der Schmerz der Wunden schwindet, und eine eigentümliche Kraft durch den Körper strömt, die nie versiegt. Jeden Tag schlachteten die Ältesten Lämmer vor meiner Hütte. Ich schritt jeweils dreimal durch das noch warme Blut. Auch dieses Ritual soll den König stärken.

In dieser Zeit sinnierte ich über eine neue Unterschrift nach. Ich konnte, wenn ich König geworden bin, nicht mehr einfach mit meinem Namen Céphas Kosi Bansah unterschreiben, selbst wenn ich meinen Königstitel davorgesetzt hätte. Das ziemt sich nicht.

Es muss eine „auffällige Unterschrift" mit Symbolcharakter sein, ausdrucksstark und würdevoll. Mir ging während meiner Quarantäne vieles durch den Kopf: Mein Volk, meine neue Verantwortung, meine Familie, ach, und das Leben sowieso. Genau, das war's – das Leben ist nun einmal das Wichtigste für mich – und das möchte ich auch mit meiner Signatur zum Ausdruck bringen:

Der König muss mit seinen beiden Beinen fest stehen – das sind die beiden ersten Striche, beginnend an dem Punkt links unten.

Er trägt die Verantwortung für die Menschen seiner Stämme, die symbolisch als kleine Kringel an seinem Körper hängen.

Der äußere, größte Kreis ist der König, die drei inneren kleineren Kreise stehen für seine Frau und die beiden Kinder.

Aus der Mitte heraus erschließt sich die Lebenslinie mit dem vielen Auf und Ab, den vielfältigen Ereignissen des Lebens. Bis zum Ende.

Unterschrift des Königs Céphas Bansah

Nach der Quarantäne wurde ich an den Fluss Dayi geführt. Wieder wurden Kräuter gekocht und ich wurde in einem Kräuterbad gewaschen. Das entsprach einer Taufe. Danach fühlte ich mich so stark wie noch nie in meinem Leben.

Als alle Zeremonien vollzogen waren, wurde das Volk darüber benachrichtigt, dass ich alle Prüfungen erfolgreich absolviert hatte. Die öffentliche Publizierung für ganz Ghana erfolgte durch die Eintragung in Ghanas „National House of Chiefs", dem höchsten Gremium der Könige in Ghana.

In der Frühe des nächsten Morgen waren schon alle aus der Stadt versammelt und bereit zu dem großen Umzug: Männer und Frauen in prächtigen farbenfrohen Gewändern, Musikgruppen mit ihren Trommeln, und die Krieger in ihren dunkelbraunen Kleidern mit ihren Gewehren, bereit, sieben Salutschüsse abzufeuern. So zogen wir durch die Straßen bis zum Festplatz. Dort sollte die Krönungszeremonie stattfinden. Die einzelnen Gruppen führten die traditionellen Tänze auf. Dann wurden mir das Königsgewand und der Schmuck meines Großvaters angelegt. Und endlich kam der Moment, in dem ich, so wie es die Tradition verlangt, dreimal von Paramount-Chief Togbega Gabusu auf den Thron gesetzt und mit der Krone geschmückt wurde.

Das Fest erstreckte sich über mehrere Tage. Lediglich an den Abenden konnte ich mich meinen Gästen aus Deutschland widmen. Sie alle waren begeistert und genossen das für sie ungewohnte wie aufregende Leben inmitten meiner Familie. Und ich betone, meiner sehr großen Familie. Diese hatte sich auch während meiner Quarantäne um meine Freunde gekümmert und ihnen Einblicke in unser afrikanisches Leben gewährt.

Sie sahen, wie die Menschen in Haus, Hof, auf den Feldern, in den Werkstätten oder auf den Märkten arbeiteten. Und sie nahmen auch die Kinder wahr, die täglich zum Fluss liefen, um trübes Wasser zu holen. Die wenigen Brunnen lieferten auch nur etwas besseres Wasser. Aber egal ob Flusswasser oder Brunnenwasser, die schweren Behälter mussten auf dem Kopf die weiten Wege nach Hause geschleppt werden.

Interessiert fragten unsere deutschen Freunde nach, und erfuhren, dass dieses Wasser nicht nur zur Körperpflege, Putzen und Kochen, sondern auch als Trinkwasser genutzt wird. Nicht etwa abgekocht, oder sonstwie gefiltert.

Das konnten sich unsere Besucher kaum vorstellen, aber ihnen wurde sofort klar, dass die schlechte Wasserqualität eine der Ursachen für die hohe Sterblichkeitsrate von Säuglingen und Kleinkindern darstellt.

Wasserpumpen und Filter, so war deren Gedanke, sollten Abhilfe schaffen. Einige Tage nach der Krönungszeremonie berichteten sie mir von ihren Überlegungen und meinten, es könne doch nicht so schwierig sein, gebrauchte Pumpen von den Landwirten in der Pfalz zu beschaffen.

Mein Versprechen

Wieder in Deutschland, gewährte ich der Presse ein erstes Interview und berichtete von der Krönung. Anfangs erschien nur eine kleine Notiz am Rand unserer lokalen Tageszeitung, aber dann interessierten sich immer mehr Journalisten für meine Geschichte. Auch unser lokaler Fernsehsender RNF, das Rhein-Neckar-Fernsehen drehte in meiner Wohnung und Werkstatt, und lud mich dann zu der Livesendung ins Studio ein.

Das war genau die Plattform, die ich dringend benötigte, um von der Idee mit den Wasserpumpen zu berichten. Es blieb nicht bei diesem für mich allerersten Fernsehauftritt. Danke an Sascha Spataru, den damaligen RNF-Chefredakteur, der mir diese erstmalige Chance gab.

Kurze Zeit später holte ich täglich in der Umgebung gebrauchte Wasserpumpen ab: Ich hatte bei den vielen Kunden meiner alten Lehrwerkstatt PAUL SCHWEITZER nachgefragt. Die Landwirte meldeten sich bei mir, manche brachten ganze Wagenladungen, die sie bei ihren Kollegen eingesammelt hatten, in meine Werkstatt. In meinem Hof stand schon ein Seecontainer, in den ich die Wasserpumpen verlud. Wie ich die Frachtkosten für den Transport in den Hafen nach Ghana, nach Tema und dann weiter nach Hohoe bewerkstelligen sollte, wusste ich noch nicht. Mir fehlte das Geld.

Eines Tages lag eine Einladung des Fernsehsenders SAT 1 zu der Sendung „Schreinemakers Live" im Briefkasten.

Die Sendung von Margarethe Schreinemakers lief im Jahr 1992 wöchentlich zur besten Sendezeit und erreichte sehr hohe Einschaltquoten. Es erfüllte mich mit Stolz, gerade dort als Studiogast aufzutreten. Diese Sendung, das kann ich heute sagen, wurde für mich zu einem wahren Glücksfall. Ich hatte vermutlich dermaßen eindrucksvoll von meinen Erlebnissen in Ghana berichtet, dass mich Frau Schreinemakers wenige Wochen später erneut zur Sendung einlud. In der Zwischenzeit hatte sie das Geld für den Transport meines Containers mit den Wasserpumpen für Hohoe aufgebracht, und diese Leistung wurde Thema der zweiten Sendung. Das werde ich ihr, dieser tollen Frau nie vergessen.

Einige Monate später reiste ich mit der „Friedelsheimer Gruppe", Mitarbeitern des „Zweckverbandes für Wasserversorgung" aus dem rheinlandpfälzischen Friedelsheim und weiteren Freunden nach Hohoe, um die Wasserpumpen zu installierten.

Aus dem Fluss Dayi wird Wasser angesaugt, in das Wasserwerk weitergeleitet, wo es mit Chlorkalk und Enthärter aufbereitet wird. Von überall fließt Schmutzwasser ungeklärt in den Fluss, so dass das Wasserwerk große Mühe hat, aus der sandig braunen Brühe brauchbares Trinkwasser herauszufiltern. Ein verrosteter Wasservorratsbehälter half dabei auch nicht wirklich, und zudem war die Kapazität von damals nur 20 Kubikmeter unzureichend, um dem wachsenden Bedarf der Bevölkerung Hohoes gerecht zu werden.

Mit den Wassertransportpumpen aus den Containern, sowie Druckreglern und weiterem Zubehör wurden neue Wasserleitungen installiert, die die Wassertransportleistung auf 60 Kubikmeter pro Stunde vervierfachten. Das Versorgungsnetz wurde umgebaut, größer dimensionierte Rohre und ein neuer 100 Kubikmeter Vorratsbehälter eingebaut.

Die Resonanz auf dieses erste Hilfsprojekt war äußerst positiv: Aus Ghana berichteten die Menschen, dass nach einigen Monaten die Sterblichkeitsrate der Kleinkinder gesunken sei, seit sie über sauberes Wasser verfügen.

In Deutschland interessierten sich immer mehr Presseleute für diese Aktion. Sie beleuchteten natürlich auch mein Leben: In Deutschland Automechaniker-Meister und in Ghana König.

Es blieb nicht bei dieser Schreinemaker-Sendung. Die nächste große TV-Sendung, zu der ich als Talk-Gast eingeladen wurde, war Alfred Bioleks „Boulevard Bio".

So wurde ich nach und nach bundesweit bekannt, und ich konnte das bei meiner Krönung abgegebene Versprechen, von Deutschland aus für mein Volk in Ghana Hilfe zu organisieren, einlösen.

Nach den Sendungen und den Medienberichten erhielt ich immer sehr viel Post von lieben Zuschauern und Lesern, die sich engagieren wollten. Dafür möchte ich jedem Einzelnen heute noch sehr herzlich danken.

Schon mein Großvater hat gewusst, dass die Deutschen sehr hilfsbereit sind, und sich sehr gerne für humanitäre Projekte engagieren.

Eine der Zuschauerinnen schrieb mir in einem besonders lieben Brief, sie wollte mit dem örtlichen Deutschen Roten Kreuz eine Wohltätigkeitsveranstaltung für meine Projekte organisieren. Dazu wurde ich eingeladen. Ich fuhr in die Lüneburger Heide, nach Visselhövede-Wittdorf, zu der leider vor kurzem verstorbenen Marianne Warnke. Ich freute mich auf diesen Besuch, wollte ich doch mit dem Geld den Bau einer kleinen Schule beginnen. Kurz vor dem Termin berichtete mir mein königlicher Stellvertreter, Bruder Fridolin, in einem Telefax von dem katastrophalen Zustand der primitiven Holzbrücke über dem Fluss Dayi: „Besonders bei Regen und in der Dämmerung stürzen viele von der Feldarbeit nachhause kehrenden Farmer und die Schulkinder auf ihrem täglichen Schulweg in den Fluss und ertrinken. Kürzlich sei eine junge Mutter ertrunken, der es nur noch gelungen war, ihr Mädchen über Wasser zu halten, bis Hilfe nahte."

Nun konnte ich nichts anders tun, als den Anwohnern zwischen Hohoe und Akpatanu zu einer sicheren Fluss-Überquerung zu verhelfen. Darüber berichtete ich bei dieser Benefizveranstaltung in der Lüneburger Heide. Der Erlös daraus – 3000 Mark – wurden zum Startkapital für die neue Brücke. Weitere Spenden aus dem ganzen Bundesgebiet und auch aus der Kurpfalz folgten.

Zwischen 1994 und 1997 wurde die mit 40 Metern längste Fußgängerbrücke über den Fluss Dayi gebaut.

GHANAIAN TIMES

Wednesday, August 13, 1997

¢48m bridge spanning River Dayi c'ssioned

From 'Times' Reporter, Hohoe

A ¢48 million bridge over River Dayi to link Gbi-Hohoe to Gbi-Akpatanu, a food producing community, was commissioned here at the weekend.

The 153-foot bridge, the longest in the country, was started in 1994 and completed this month.

The construction of the bridge was financed by the Ngoryifia (Nkosuohene) of the Gbi Traditional Area, Togbui Cephas Kosi Bansah I, resident in Germany, with the support of some of his German friends.

The Member of Parliament (MP) for Hohoe North, Mr Nat K. Aduadjoe, cut the tape to mark the commissioning of the bridge.

In an address, Mr F.K. Hehetror, chairman of the Gbi-German Friendship Association observed that the project was a big relief to the people of Akpatanu to facilitate the evacuation of their farm produce to the Hohoe township and other marketing centres.

He recalled with gratitude Togbui Bansah's contribution in the development of the Gbi Traditional Area including the provision of water pumping machines to improve water supply to the Hohoe township.

The chairman also mentioned Togbui Bansah's contribution of funds towards the construction of a modern public place of convenience at Hohoe-Ahado-Tsevi and the extension of electricity to the four South Gbi towns of Wegbe, Kledzo, Atabu and Kpoeta.

Togbui Gabusu VI, Paramount Chief of the Gbi Traditional Area, on behalf of his people, commended Togbui Bansah for living up to the honour of his installation as Ngoryifia and contributing in several ways to the development of the area.

The Paramount Chief extended his warm felicitation through Togbui Bansah to his German friends and wished them success in their endeavours.

Togbui Bansah on his part paid a glowing tribute to his German friends for their invaluable support in the development of the Gbi Traditional Area and announced his plans to establish a vocational-technical institute at Hohoe to train the youth to acquire employable skill.

Mr F.K. Bansah, Co-ordinator of the project and Assemblyman for Ahado-Trevi Electoral Area in Hohoe said with the completion of the bridge, there would be regular supply of food from Akpatanu to Hohoe.

He promised that the bridge would be regularly maintained to enable it to last longer.

At the same ceremony, the Ngoryifia handed over the keys of a 15-seater VW bus to the Semba Football Club of Hohoe and took the opportunity to advise parents to practise family planning and have only few children whom they could cater for and educate.

Bericht Ghanaian Times
über die längste Fußgängerbrücke Ghanas von König Bansah

Beschreibung des Gemäldes:

Ein König für sein Land führt sein Volk in eine Zukunft ohne Leid

Im Rahmen ihrer Kunstreihe "Die nächste Generation" haben die beiden Künstler Hans Maria Mole und Basil Wolfrhine ein Gemälde über das Leben und Wirken des afrikanischen Königs Togbui Ngoryifia Kosi Olatidoye Céphas Bansah, König von Hohoe · Gbi · Traditional Ghana geschaffen.

Das in Akryl-Mischtechnik gefertigte und auf Pappelholz aufgebrachte Gemälde zeigt den König in verschiedenen Positionen. Im Zentrum des Bildes sitzt der Monarch auf seinem königlichen Thron im vollen traditionellen Ornat. Von hier aus überblickt er sein Land, welches sich unter und hinter ihm als Dschungel offenbart und Einblicke gibt in das Land des Königs.

Hinter dem König erscheint in pastellen Farben die lichte, teilweise transparent anmutende Erscheinung des Menschen Céphas Bansah, wie er sich in seiner Wahlheimat in Deutschland/Ludwigshafen als KFZ-Meister im blauen Anton präsentiert. Mit dieser Kombination vereint das Gemälde die unantastbare Würde eines traditionellen afrikanischen Königs und die faßbare Individualität des Menschen Céphas Bansah.

Im unteren Bereich des Werkes erkennt der Betrachter den König, wie er sein Volk über eine alte, baufällige, zu einer neuen, modernen, standfesten Brücke führt. Ein Hinweis auf eines der vielen Projekte, die der König während seiner Amtszeit in seinem Land realisieren konnte und gleichzeitige Dokumentation über das Wirken des Herrschers, der sein Volk, wie es der Titel des Gemäldes verrät, in eine Zukunft ohne Leid führt.

Das Konterfei des Königs, welches sich aus den Wolken am Himmel in der oberen linken Ecke des Werkes zeigt, symbolisiert die geistige Allgegenwärtigkeit des Königs in seinem Land und die Gedankengebung des Königs für sein Land.

Die rechte obere Bildhälfte zeigt das Wappen des Königs, das seine Königswürde symbolisiert und seinen Auftrag dokumentiert, sich für sein Volk einzusetzen.

Das Gemälde ist mit einem plastischen Modellrahmen umgeben, auf dem sich die einzelnen Bilddarstellungen weiterführen. In der rechten unteren Ecke umrahmt eine Landkarte das Gesamte und rundet mit der Dokumentation des Landes die Präsentation einer der außergewöhnlichsten Persönlichkeiten dieser Erde ab.

Nähere Informationen über das Gemälde unter:

Mole & Wolfrhine · Die nächste Generation
Soonwaldstr. 2a · D-55595 Spall
Telefon 06706/6049 · Telefax 06706/428

Beschreibung zum Gemälde

Gemälde von Basil Wolfrhine und Hans Maria Mole.
König Bansah führt sein Volk von der alten auf die neue Brücke
in „eine Zukunft ohne Leid"

Neue Herausforderungen verlangten nach schneller Abhilfe. In den nächsten Jahren sammelte ich unermüdlich weiter. Mehrere Container mit Rollstühlen und anderen Hilfsmitteln für Behinderte, Sehhilfen, Fahrräder, Krankenwagen und Kleinbusse, schickte ich Ende der 90er Jahre immer wieder nach Gbi Traditional Area Hohoe, zur dortigen Verteilung unter die Bevölkerung.

Von der BASF in Ludwigshafen erhielt ich 350 ausrangierte Betriebsfahrräder, die über viele Jahre den Bauern rund um Hohoe als Transportmittel dienten.

Bis heute sammle ich weiterhin gebrauchte Fahrräder, die ich per Seecontainer nach Ghana transportieren lasse. Dort instandgesetzt, nutzen Schüler diese für ihren langen Schulweg. Oder Krankenschwestern für den Besuch ihrer Patienten. Die Bauern fahren damit auf ihre Felder und transportieren ihre schweren Lasten mit den Fahrrädern nach Hause und auf die Märkte. Manches Rad wurde auch Behindertengerecht umgebaut.

Wenn Sie, liebe Leserschaft, über nicht mehr genutzte Fahrräder verfügen, melden Sie sich bei uns – in Hohoe werden diese dringend gebraucht.

Weitere medizinische Geräte, Medizinprodukte, Krankenhausbetten, Verbandsmaterial, Einmalartikel, Brillen, Pumpen, Stromgeneratoren, aber auch Ambulanzfahrzeuge und große LKWs, die Liste der Sachspenden, die ich im Laufe der Zeit aus Krankenhäusern in ganz Deutschland, von Polizei, Feuerwehr, dem Technischem Hilfswerk (THW) und dem Deutschen Roten Kreuz erhielt und nach Ghana transportierte, ist unendlich lang. Manches an Spenden habe ich unterdessen vergessen. Aber die Menschen in Hohoe haben es nicht vergessen und erinnern sich in Dankbarkeit daran. So jüngst geschehen bei der Eröffnungszeremonie für das Frauengefängnis, an der auch Vertreter dieses Verlages teilnahmen.

Der Municipal Chief Executive for Hohoe Volta Region – Honorable Andrew Teddy Ofori erinnerte in seiner Rede an ein bestimmt schon vor zehn Jahren dem Polizeihauptquartier gespendeten Stromaggregat. Bekommen hatte ich es von der Polizei in Ludwigshafen.

Übergabe eines Ambulanzfahrzeuges –
eine Spende vom Deutschen Roten Kreuz Vorderpfalz

Die Polizei von Ludwigshafen spendet ein Stromaggregat für Ghana

Wie das Christentum nach Ghana und die Schokolade nach Basel kam

Die Beziehung zwischen Deutschen und Westafrikanern besteht schon seit über 170 Jahre, wenn auch nicht immer unter positiven Vorzeichen, jedenfalls geprägt durch die Deutsche Kolonialverwaltung und das Wirken deutscher Missionare.

1847 kamen deutsche Missionare in unser Land, besser gesagt in das Siedlungsgebiet des Ewe-Volkes im heutigen Ghana und Togo. Es waren Missionare der Norddeutschen Mission, einem Zusammenschluss lutherischer und reformierter Missionsvereine mit Sitz in Bremen, und daher in Westafrika unter dem Namen „Bremer Mission" bekannt.

„Die Missionare waren bei aller Fremdheit und ihrem europäischen Überlegenheitsgefühl auch geprägt von einem tiefen Interesse für die Kultur des ‚Missionsfeldes'. Sie lernten die Ewe-Sprache, übersetzten Bibel und Gesangbuch, bildeten afrikanische Lehrer und ‚Gehilfen', später Katechisten und Pastoren aus, die besser als sie selbst den christlichen Glauben in die Welt der Ewe übersetzen konnten."

Zitate aus:
http://www.norddeutschemission.de/ueber-uns/geschichte-der-nm/die-geschichte-der-norddeutschen-mission-erzaehlt/

Auch Diedrich Westermann (1875-1956), ein sehr sprachbegabter deutscher Afrikanist und Ethnologe arbeitete für die „Bremer Mission" an den Bibelübersetzungen. Deren Wörterbücher und die von ihm geschriebene Grammatik begleiteten mich über meine ganze Schulzeit. Der Missionar Jakob Spieth von der „Norddeutschen Mission", studierte über 20 Jahre im Ewe-Land das Volk in der damaligen Deutschen Kolonie „Togoland". Sein 1906 erschienenes Buch „Die Ewe-Stämme. Material zur Kunde des Ewe-Volkes" – er schrieb es in Ewe und in Deutsch, gilt heute als ein eindrucksvolles Zeugnis unserer Geschichte. Dadurch ist gewährleistet, dass keinerlei Deutungen und mögliche Fehlinterpretationen den Inhalt der Überlieferungen verfälschen. Die Berichte und Erzählungen der Häuptlinge, Priester und Medizinmänner sind in der Ewe-Sprache dokumentiert und ins Deutsche übersetzt. Die Namen der Berichterstatter sind aufgeführt. Allerdings: „Für die Sicherstellung der Erzähler gegen etwaige Vorwürfe ihrer Landsleute musste durch Abkürzung ihrer Namen Sorge getragen werden." (So Spieth im Vorwort seiner „Dokumentation über die Ewe-Stämme").

Er promovierte zu diesem Thema an der Universität in Tübingen und berichtete über Geschichte und Rechtsverhältnisse, über das soziale und wirtschaftliche Leben der Ewe, und vermittelte somit einen Überblick über das Geistesleben dieses Volkes.

In einer weiteren Dokumentation analysiert Jakob Spieth „Die Religion der Ewer in Süd-Togo":

Hier ein Auszug aus diesen Schriften:

Die in mehr als 100 Stämme unterteilten Ewe führen ihre Gemeinsamkeit nicht nur auf ihre Sprache mit vielen Dialekten, sondern vor allem auf die gemeinsame Herkunft von Oyo im westlichen Nigeria zurück. Die ländliche Bevölkerung lebt in der Volta-Region von Ghana und im Süden von Togo in Großfamilien. Das wirtschaftliche, politische und religiöse Leben der bäuerlichen Ewe ist von der Patrilineage geprägt, jener Bezeichnung einer Sozialeinheit (Clan), deren Angehörige alle von einem gemeinsamen väterlichen Ahnen abstammen. Obwohl die Mitgliedschaft durch Geburt erworben wird, konnten früher auch Fremde Mitglied eines Clans werden. Verheiratete Frauen bleiben jedoch Angehörige ihres väterlichen Clans und werden nicht in den Clan ihrer Ehemänner aufgenommen. Das Oberhaupt der Linieage verwaltet den Besitz, schlichtet Streitigkeiten und repräsentiert die Linieage in allen Angelegenheiten. Gegenseitige Hilfeleistung innerhalb der Sozialeinheit ist oberstes Gebot, zumal das Land und die Wasserläufe gemeinsamer Besitz sind und für das Wohlergehen der Nachkommen gehegt und gepflegt werden. Alle müssen ihren Teil dazu beitragen, die Familie stark und einig zu machen.

Den Missionaren aus Bremen haben wir somit die Ewe-Schriftsprache zu verdanken. Bis dato gab es unsere Sprache der Ewe nur in der gesprochenen Form. Deutschen fällt es nicht allzu schwer, Ewe zu lesen, da es bis auf wenige Sonderbuchstaben wie deutsch auszusprechen ist. Umgekehrt gilt das natürlich auch für uns Ewe mit der Deutschen Sprache.

A a	B b	D d	Ɖ ɖ	Dz dz	E e	Ɛ ɛ	Ə ə	F f
[a]	[b]	[d]	[ɖ]	[ʣ]	[e]	[ɛ]	[ə]	[f]
Ƒ ƒ	G g	Gb gb	Ɣ ɣ	H h	I i	K k	Kp kp	L l
[ɸ]	[g]	[g͡b]	[ɣ~ʁ]	[h]	[i]	[k]	[k͡p]	[l]
M m	N n	Ny ny	Ŋ ŋ	O o	Ɔ ɔ	P p	R r	S s
[m/m̩]	[n]	[ɲ]	[ŋ]	[o]	[ɔ]	[p]	[r]	[s]
T t	Ts ts	U u	V v	Ʋ ʋ	W w	X x	Y y	Z z
[t]	[ʦ]	[u]	[v]	[β]	[w]	[x]	[y]	[z]

Ewe-Alphabet

Die Missionare verfolgten neben der Verbreitung des Christentums eine weitere Mission. Die damaligen deutschen Vorstellungen von Sitte, Kleiderordnung, Sauberkeit, Geschlechtertrennung, Art des Wirtschaftens und Handelns sollten übernommen werden.

Die traditionelle Arbeitsteilung, die Dominanz der Frauen in der Landwirtschaft, war den Missionaren ein Dorn im Auge. Weibliche Arbeit außerhalb des Hauses galt als unschicklich. Es heißt auch, die „Norddeutsche Mission" hätten für die Ewe die neue 7-Tage-Wocheneinteilung „gebracht", weg von der durch die Abhaltung von Märkten geprägte traditionelle 4-Tage-Woche.

Die Ewe hatten auch andere Ruhetage als die Christen. So gab es einen Tag, an dem der Fluss nicht berührt werden durfte: Nicht zum Wasserholen, Wäschewaschen, Fische fangen. Nicht mal die Kinder durften im Fluss spielen.

Und warum? Das hing mit dem Voodoo-Glauben zusammen. Demnach gehörte dieser Tag dem Fluss ganz allein. Aber wie so vieles in diesem Glauben, geht es letztlich darum, die Natur zu schützen und in diesem Fall dem Fluss ein paar Stunden zur Regeneration zu gönnen und um sich selbst zu reinigen, bevor wir wieder sein Wasser als Trinkwasser nutzen.

Ein anderes Beispiel ist unser Umgang mit Bäumen. In der Vergangenheit war der Respekt vor den Bäumen sehr groß. Kein Baum wurde einfach so gefällt, die Götter mussten vorher um Erlaubnis gefragt, und um „Entschuldigung für den Schmerz" gebeten werden.

Ein Holzschnitzer konnte Tage damit verbringen, den richtigen Baum für sein Kunstwerk auszusuchen. Nur durch intensive Zwiesprache mit den Bäumen fand er das Holz mit dem passenden, für das jeweilige Kunstwerk erforderlichen, Spirit.

Und das sich „ein Spirit" (also Seele oder Geist) in jedem zu bearbeitendem Baum versteckt, daran glaube ich.

Unten: Stoffe, in die das Logo der Norddeutschen Mission eingewebt sind, werden noch heute voller Stolz von den Älteren getragen. Links: Yoatse Kpeto mit seinem Hemd aus diesem Stoff

Links: Schulkinder in ihrer Schuluniform
Unten: Logo der Evangelikal-Presbyterian-Church-Schule

Vor Jahren habe ich für das Vordach im Eingangsbereich meines Haus in Ludwigshafen einige Pfosten schnitzen lassen, reich mit bedeutungsvollen Adinkra-Symbolen verziert. In die oberen Spitzen der Pfosten sind menschliche Köpfe geschnitzt, und in einen weiteren Balken wurden Figuren, die den König und ein Kind darstellen, hineingearbeitet.

Von da an schlugen Hunde, besonders große Tiere, beim Vorbeilaufen dermaßen stark an, bellten und tobten, dass ihre Besitzer sie kaum bändigen konnten.

Spaziergänger mit Hunden, die regelmäßig bei mir vorbeigingen, versuchten schon auf die andere Straßenseite auszuweichen, aber die Tiere schlugen auch da laut an und zerrten an der Leine.

Ich denke auch an eine Familie mit einem geistig behinderten Kind. Das Kind umarmte liebevoll die Pfosten, fuhr mit den Fingern den Konturen der Schnitzereien nach, und verweilte gern vor dem Haus. Den Eltern schien das peinlich zu sein. Uns hat es Freude bereitet, diesem glücklichen Kind zu zusehen.

Und später erzählten uns die Eltern, dass ihr Junge, immer dann, wenn er bei unseren Holzfiguren war, sehr ruhig wurde und abends wunderbar schlafen konnte. Er nahm auch Stifte in die Hand, und versuchte die Konturen auf einem Papier nachzuzeichnen.

Diese „Ausstrahlung" des Holzes wirkte ungefähr fünf Jahre. Heute können sensible Menschen und Tiere unser Grundstück passieren, sie bemerken nichts mehr.

Diese respektvolle Behandlung von Bäumen ging leider immer mehr verloren – durch die von Europäern großflächige und rücksichtslose Abholzung unsere Wälder.

Tausende Bäume, viele hundert Jahre alt, so dick, dass zehn Männer sie nicht umfassen konnten, wurden mit großen Maschinen aus dem Wald geschleppt, ohne Rücksicht auf Menschen, Tiere und Natur. Die Schreie der Tiere und die Schreie der Menschen wurden vom Lärm der Maschinen übertönt. Damit verlor jeder seine Heimat.

So wunderten sich die Polizeiinspektoren in Hohoe sehr, als ich sie bat, den großen Mangobaum, welcher der Klärgrube für das neue Gefängnis weichen musste, sorgfältig auszugraben und an anderer Stelle wieder einpflanzen zu lassen. Leider ließ sich das technisch nicht bewerkstelligen und ich konnte nur den gefällten und in Stücke gesägten Baumstamm davor retten, gänzlich als Feuerholz verbrannt zu werden. Ich habe ihn in meinen Garten bringen lassen. Eines Tages wird aus ihm ein Kunstwerk geschnitzt, und zieht somit wieder bewundernde Blicke auf sich.

Zur Verbreitung christlicher Religion und Kultur wurden damals von den Bremer Missionaren Schulen, Kindereinrichtungen, Ausbildungsstätten und später auch Hospitäler gebaut. Darüber hinaus sollte die lokale Bevölkerung die Deutsche Sprache lernen. Dies wiederum sollte nicht nur den Missionaren, sondern vielmehr auch der Kolonialverwaltung die Arbeit erleichtern.

Aber was hat das mit Schokolade zu tun? Mit den protestantischen Bremern kamen auch die katholischen Missionare der Steyler Mission und die Protestanten der Basler Mission ins Land. Sie alle arbeiteten mehr oder weniger auch mit den Kolonialherren zusammen. Die Basler Mission wurde 1859 als Aktiengesellschaft gegründet, nannte sich sogar „Missionshandelsgesellschaft". Über diese Institution lief vor allem bis zum 1. Weltkrieg der Handel mit Kakao aus Ghana, oder besser aus der Britischen Kolonie Goldküste. So schafften es die Schweizer, obwohl nie Kolonialmacht, wie andere europäische Länder, die Schokolade mit Kakao aus Ghana zu ihrem schweizerischen nationalen Erkennungssymbol zu machen.

Alle auch heute noch bekannten Schweizer Firmen wie Nestle, Suchard oder Lindt standen in der Kundendatei der Basler Handelsgesellschaft. Der Kakaoanbau in Ghana boomte. Schon 1911 wurde die Goldküste zum weltweit größten Kakaoproduzenten. Doch in der Zeit des ersten Weltkrieges wurden den „Basler Missionaren" und deren Mitarbeitern, unter denen auch viele Deutsche waren, von der britischen Kolonialregierung vorgeworfen, zu Deutschfreundlich zu sein. Der Besitz wurde beschlagnahmt und die Mitarbeiter mussten gehen. Erst nach Beendigung des Krieges starteten die Basler neu – mit einem viel kleineren Unternehmen, unterdessen aber, wenn auch zwangsweise, der britischen Regierung loyal ergeben.

Einige Jahre später, während des 2. Weltkrieges, sollte sich diese Wirtschafts-Politik für die Schweizer lohnen. Riesige Mengen an Kakao wurden fast ausschließlich in die Schweiz exportiert. Anfang des 20. Jahrhunderts gründete die „Basler Handelsgesellschaft", gemeinsam mit anderen europäischen Handelsgesellschaften ein Kakao-Kartell – die Preise wurden in der Folge niedrig gehalten, zum Nachteil der Wirtschaft der Goldküste, aber zum Wohle der Europäer und Schweizer. Einheimische Kaufleute hatten keine Chance, ihren Kakao selbst nach Europa zu verschiffen oder den Rohkakao im eigenen Land zu Schokolade zu verarbeiten. Das ist bis heute so geblieben. Lediglich Rohkakao wird exportiert, sehr wenig davon wird selbst bearbeitet, und wenn, dann nur für den einheimischen Markt. Die Kakaopreise werden am Weltmarkt gehandelt, ohne dass die Produzenten, in Ghana sind das ungefähr eine Million Kleinstbauern, einen wesentlichen Einfluss darauf hätten oder zufriedenstellend von den Erlösen leben können. Und wenn ich von Erlösen aus dem Kakaoanbau spreche, dann meine ich einen Erlös von 1,50 Euro pro Tag.

Auch meine Familie besitzt kleine Kakaofelder, und so weiß ich auch, dass sich an den Anbau-und Behandlungsmethoden seit Jahrhunderten nichts geändert hat. Wer hat das Geld, um in moderne Fermentierter und Trockner zu investieren? So werden die großen Samenkapseln gepflückt, einige Tage unter den Bäumen gelagert, damit sie dann leichter mit einem großen Messer geöffnet und die vielen kleinen Samenkapseln herausgelöst werden können. Die Kapseln lässt man unter großen Blättern fermentieren und anschließend viele Tage in der Sonne trocknen.

Sobald die Kakaobohnen in Säcke abgefüllt sind, hat der Bauer seine Arbeit erledigt. Um den Abtransport und die Lagerung in riesigen Speichern im Hafen von Tema kümmert sich das staatliche Cocoa-Board, welches über das Exportmonopol verfügt, in direkter Nachfolge der britischen Kolonie Goldküste.

Und genau wie damals gilt: Der größte Gewinn durch die Kakaobohne entfällt auf die Weiterverarbeitung der Produkte in den westlichen Ländern.

Das gilt auch für das Nachbarland, die Elfenbeinküste. Umso nachdenklicher sollte man sein, wenn man weiß, dass die Elfenbeinküste und Ghana heute Nummer 1 und 2 der weltweit größten Kakaoproduzenten sind – mit über Zweidrittel des weltweiten Anbaus.

Auf den Export unseres Kaffees trifft das ebenfalls zu. Die rohen Kaffeekirschen werden nur exportiert, auch hier werden die Preise an den internationalen Börsen festgelegt. In Ghana trinkt man so gut wie keinen Kaffee, und wenn überhaupt, dann nur den überwiegend vom Marktführer Nestlé in Ghana produzierten, gefriergetrockneten Kaffee.

Diese interessante, wenn auch ernüchternde Geschichte findet sich in dem Buch „Wie die Schweiz zur Schokolade kam. *Der Kakaohandel der Basler Handelsgesellschaft mit der Kolonie Goldküste (1893-1960)*".

Neben Kakao führten die Kolonialherren Kaffee, Mais, Palmkerne, Palmöl, Kokosnüsse, Kolanüsse (daraus wird das Getränk Kola hergestellt), Scheanüsse (heute kennt man diese als Sheabutter, die aus den Nüssen hergestellten Öle für hochwertige Kosmetikprodukte), Baumwolle, Fische, Mahagoniholz, Ebenholz, Gold, Diamanten, Manganerze, u.v.a. Produkte in ihre Heimat ein. Sie trugen mit diesen Waren wesentlich zum Wohlstand der europäischen Länder bei. Diese Waren wurden nahezu ohne angemessene Vergütung dem Land „entnommen", mit der schrecklichen Konsequenz, dass damit die afrikanischen Länder ausbluteten. Genau wie über vier Jahrhunderte zuvor Millionen Menschen aus dem Land verschleppt wurden und als kostenlose Arbeitssklaven in der Neuen Welt für deren Reichtum schuften mussten.

Darüber sollten wir heute nachdenken, wenn wir über das unterentwickelte Afrika und die Fluchtgründe diskutieren. Die heutigen Zustände sind eine direkte Folge der damals begonnenen Kolonial-, Wirtschaft- und Handelspolitik. Ein starkes Fundament konnte sich deshalb nicht entwickeln – Millionen von starken und gesunden Männern und Frauen fehlten als Ernährer der zurückgebliebenen Alten und Schwachen. Sie fehlten als Freund und als Familienmitglied, die Wunden bluteten lange. Wie soll sich eine so ausgeblutete Gesellschaft wirtschaftlich und technisch entwickeln?

Wie viele Europäische Länder sich über Jahrhunderte an diesem Handel beteiligten sieht man, wenn man sich die lange Liste der Festungen, Burgen und Handelsstützpunkte anschaut, die sich wie Perlen an einer Schnur an der Atlantikküste Ghanas aufreihen. Die Forts wechselten ständig die Besitzer und deren Einflussnahme, teils in Folge kriegerischer Auseinandersetzungen, auch durch Tausch und Verkauf.

Hier ist eine kurze Übersicht über einige der über 60 bekannten Befestigungsanlagen, Handelsstützpunkte und Forts:

1482	– Fort São Jorge da Mina – Elmina – portugiesisch; niederländisch; 1680/81 von Einheimischen erobert, um 1872 britisch
Um 1500	– Fort St. Anthony – bei Axim – von Portugiesen gebaut, um 1650 durch Niederländer vergrößert; danach in britischen Besitz übergangen
1555	– auf dem St. Jago-Hügel bei Elmina; portugiesische Kapelle, dann portugiesischer Stützpunkt und 1637 von Niederländern zum Fort ausgebaut, als Ausgangspunkt zur anschließenden Eroberung von Elmina; 1872 britisch
1558	– Christiansborg (port. Fort Cará) – heute Osu Castle/ Accra – zunächst in portugiesischem Besitz, dann wurde das Fort in ständigem Wechsel: französisch, schwedisch, dänisch; niederländisch und britisch
1623	– Fort Duma bei Axim war portugisisch
1637	– Cape Coast Castle/ Fort Karlsborg – in Cape Coast
1640	– Fort Carthago bei Axim: Niederländischer Besitz
Um 1640	– Fort Witsen bei Takoradi – vormals unter französischer Herrschaft und im Laufe von zwei Jahrhunderten britisch, schwedisch, dänisch, niederländisch, brandenburgisch
Beyin:	Von 1651 bis 1872, zuerst schwedische, dann holländische, französische Faktorei, später britischer Handelsposten und stark ausgebaute Festung

1868	–	begannen die Europäer, die Forts in Ghana untereinander auszutauschen, da ging Fort Witsen als Fort William an die Niederländer über. Später wurde es wieder britisch. In den 1960er Jahren wurde die zerstörte Anlage rekonstruiert
1654	–	Fort Ruychaver bei Axim am Fluss Ankobra wurde niederländischer Besitz
ca. 1670	–	Fort Oranje bei Sekondi – niederländisch, englisch; 1694 von den einheimischen Ahanta besetzt; von den Franzosen während des Amerikanischen Unabhängigkeitskrieges 1779-1784 zerstört; Überreste von Holländern in Besitz genommen; 1785 britisch (im Tausch gegen Fort Vredenstein (Kommendah)); 1840 aufgegeben, später wieder besetzt und neu aufgebaut von Niederländern; 1872 britisch; seither als Leuchtturm genutzt
1683-1717	–	Festung Groß Friedrichsburg/Fort Hollandia – bei Prinestown – von den Brandenburgern errichtet, später in holländischem und danach im britischen Besitz
1684	–	Sophie-Luise-Schanze – in Taccarama – zuerst brandenburgischer Stützpunkt, dann übergegangen in holländische Verwaltung
1685	–	Dorotheenschanze bei Akwida – brandenburgisch, niederländisch, später Übergabe an Preußen, dann wieder Niederländisch
Um 1600	–	Fort Battensteyn bei Butrie – niederländische und schwedische Faktorei; als Fort ausgebaut und in ständigem Wechsel von Briten, Holländern und Brandenburgern eingenommen

Manche dieser Festungen und Handelsstützpunkte bestehen heute noch und können besichtigt werden, von anderen sind nur noch Ruinen übrig oder es erinnern an sie die nach den Burgen benannten Städte.

Die bekanntesten sind die Sklavenburgen Cape Coast und Elmina Castle, die von Millionen von Touristen besucht werden. Auch von vielen Schwarzen aus Nord, Mittel-und Südamerika und der Karibik. Sie wollen die Festungsanlagen und Kerker sehen, in denen ihre Vorfahren eingepfercht wurden, bevor sie wie Sardinen in Dosen auf den Schiffen gen Amerika verschleppt wurden. Wer bei einer Führung nicht erschaudert, wenn man die Festung sieht, die schrecklichen Geschichten hört und die Fakten nachliest, kann kein Mensch sein. Viele europäische Besucher, ich habe es selbst gesehen, weinen in den Katakomben vor Schmerz, und leider stimmt es auch, die Kirchenglocken, die schon damals über den Kerkern zum Gottesdienst riefen, übertönten jedes Jammern.

Das Volk der Ewe und seine Rituale in Ghana und Togo

Die Ewe sind mit einem Bevölkerungsanteil von circa 15 Prozent in Ghana und mit ca. 40 Prozent in Togo vertreten. Die Geschichte dieses Volkes gleicht einer Wanderkarte. Über Jahrhunderte wanderte dieses Volk immer weiter von Nigeria Richtung Westen, ließ sich am Fluss Mono nieder und spaltete sich in die Stämme der Fon, Ewe und Adjas auf. Die Fon gründeten Königreiche in Dahomey, dem heutigen Benin. Die Ewe wanderten weiter nach Notsé, wurden von dort vertrieben und gründeten Palimé, Atakpamé, Lomé und die Lagunendörfer, im heutigen Staatsgebiet von Togo gelegen.

Auf ihren weiteren Bewegungen westwärts ließen sich die Ewe in der Voltaregion (heute: Ghana) nieder und gründeten u. a. Siedlungsgebiete wie Peki, Hohoe, Ho.

Das Volk der Ewe organisierte sich in kleinen Königtümern, die ein föderatives System bilden. Sie verehren die gleichen Gottheiten, achten die gleichen Tabus und identifizieren sich mit dem „Goldenen Stuhl" als Zeichen von Würde und Macht. Der „Stuhl" steht zugleich auch als Sinnbild für die Einheit des Clans mit seinen Vorfahren.

1884 wurde „Togoland" deutsche Kolonie, mit etwas über einer Million Einwohner und ca. 90000 Quadratkilometern Fläche. Verglichen mit den Besitztümern anderer europäischer Nationen auf dem afrikanischen Kontinent zwar relativ klein, war Togoland dennoch für die Deutschen sehr profitabel. Die Einheimischen wurden zu Zwangsarbeiten und erheblichen Steuerzahlungen verpflichtet. Sie schufteten in der Landwirtschaft, um die von den Deutschen begehrten „Kolonialwaren" abliefern zu können, wie z. B. Kaffee, Erdnüsse, Kokosnüsse, Baumwolle und Kautschuk. Die Deutschen Kolonialherren planten und die Afrikaner mussten die Eisenbahnlinien bauen, zum schnellen Abtransport der Güter in den Hafen von Lomé. Auch dieser Hafen musste erst einmal erbaut werden. Da Lomé keinen natürlichen Hafen hatte, mussten die Güter bis zum Bau (1904) der über 300 Meter in den Atlantik hineinragenden Landungsbrücken mit kleinen Booten vom Strand bis zu den weit draußen liegenden Frachtschiffen transportiert werden. Von da an stand der wirtschaftlichen Ausplünderung auch dieses Teiles Westafrikas nichts mehr im Wege. Ich bekomme heute noch Gänsehaut, wenn ich auf alten Karten die von den Europäischen Herren vergebenen Namen unserer Länder lese: Pfefferküste, Getreideküste, Elfenbeinküste, Goldküste, Sklavenküste.

Auszug aus Karte mit alten Namen und Handelsstützpunkten

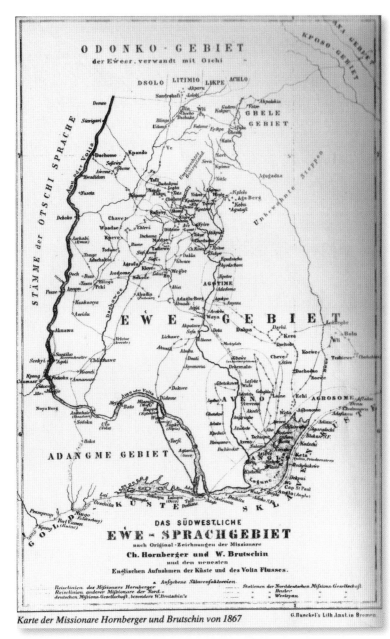

Karte der Missionare Hornberger und Brutschin von 1867

Ewe-Sprachgebiet 1847

1919 wurde die deutsche Kolonie Togo in eine englische und französische Mandatszone aufgeteilt. Doch die Ewe, die in Ghana im Voltagebiet und im Süden Togos lebten, fanden sich mit der Teilung nicht klaglos ab. Während des Zweiten Weltkrieges gründeten sie die „All Ewe Conference", die alljährlich in Notsé (Togo) tagt. Noch heute beginnt dort jedes Jahr am ersten Donnerstag im Monat September das große Agbogboza-Festival auf Einladung des großen Ewe-Königs Togbui Agokoli IV.

Das Königspaar Bansah links und Mitte,
mit Togbui Agokoli IV in Notsé, Togo, beim Agbogboza-Festival

Daten zur Geschichte

Um 1450	– ist der Sklavenhandel an der westafrikanischen Küste fest etabliert.
1482	– Die Portugiesen gründen die befestigte Faktorei El-mina (St. Georges-de-la-Mine) an der Goldküste.
1484	– Der portugiesische Botschafter Joao d´Aveiro trifft am Hofe von Benin ein.
1517	– Der Sklavenhandel nach Amerika beginnt.
1604	– Der Bai (König) der Temme in Sierra Leone tritt zum Katholizismus über.
1680	– Das Königreich Ashanti wird gegründet.
1695	– Osei Tutu, Ashanti-König bis 1731, gründet die Ashanti-Union (Goldener Stuhl).
1787	– Die Briten siedeln freigelassene Sklaven aus Amerika in Monrovia/Liberia an.
1822	– Die ersten Amerikaner kommen nach Liberia.
1826	– Die Ashanti werden in Dodowa unterworfen.
1828	– Die „Basler Mission" beginnt mit ihrer Arbeit an der Goldküste.
1847	– Die Republik Liberia wird ausgerufen.
1850	– Die Briten kaufen die dänischen Forts an der Goldküste auf.
1864	– Der Brite Rev. Samuel Crowther wird anglikanischer Bischof in Nigeria.
1884-1885	– Auf der Berliner Kolonial-Konferenz stimmen die europäischen Mächte Großbritannien, Frankreich, Deutschland, Belgien, Italien, Portugal und Spanien

ihre kolonialen Interessen und Grenzziehungen in Afrika ab.

188	– Das Yoruba-Land wird britisches Protektorat.
1895	– Das Generalgouvernement Französisch-Westafrika wird gegründet.
1901	– Ashanti wird britische Kronkolonie.
1900-1920	– Europäischen Mächte befestigen ihre Kolonialherrschaft und bauen die traditionellen Autoritäten nach dem Prinzip der „indirekten Herrschaft" in ihr System ein.
1920	– Großbritannien und Frankreich teilen Togo unter sich auf. Obervolta (Burkina Faso) und Niger werden französische Kolonien.
1957	– Ghana wird unabhängig.

Nach Peter Garlake: „The Kingdoms of Africa",
El Servier Phaidon 1978, S.117-136;

Basil Davidson: „Afrika, Geschichte eines Erdteils",
Ariel-Verlag, Frankfurt/M. 1966, S.203-42, 276-293;

Zusammenstellung: R. Freise

Mein Freund Arthur Paes, ein niederländischer Millionär, der auch in Somey, in Ghana zum König gekrönt wurde und sich sehr stark für Ghana und seine Menschen engagiert, lud mich nach Den Haag ein.

Er ermöglichte unter Anwesenheit der Nachfahren des Königs des Volkes der Ahanta aus Ghana, die Rückgabe dessen abgetrennten Kopfes. Die gruselige Geschichte begann im Jahr 1838.

Niederländische Handelsschiffe verluden in Ghana, im Auftrag König Wilhelms I., Waren aller Art, Bodenschätze, Früchte, sogenannte Kolonialwaren, aber auch Menschen zum weiteren Verkauf als Sklaven für Übersee ein. Es heißt, der Ahanta König Badu Bonsu II. wollte die Menschen seines Volkes nicht kampflos übergeben und er präsentierte die Köpfe zweier im Kampf gefallener niederländischer Gesandter zur Abschreckung.

Die nächste ankommende Schiffsbesatzung erhielt den Auftrag, die ermordeten Gesandten zu rächen und brachte Formaldehyd-Lösung zur Konservierung mit. Der König wurde ebenfalls ermordet, dessen abgetrennter Kopf in der Lösung konserviert und über die Jahrhunderte gelagert. Zuletzt in der Universität in Leiden. Das Niederländische Außenministerium übergab den Kopf an Ghana. Nach altem Glauben kann erst dadurch der König, der Ahne, ewige Ruhe finden.

König Arthur Paes

Die Christliche Kirche hatte sich in Westafrika sehr schnell verbreitet. Für uns Kinder war es selbstverständlich, regelmäßig die Gottesdienste zu besuchen, die in unserer Muttersprache Ewe gehalten wurden.

Wir lasen die Bibeltexte in Ewe und auch das Vaterunser – Mia fofo si le dzi fo –, das heißt Vater unser im Himmel – und aus unserem Gesangbuch, dem Hadzigbale, sangen wir die Lieder, die sich auch in den deutschen evangelischen Gesangbüchern finden, nur eben in Ewe geschrieben.

Yehowa, mía Kpɔla
(David fe hae)

23 Yehowa ye nye kpɔlanye,
naneke mahiãm o.
2 Gbeɖufe damawo
wòna metsyɔ akɔ do.
Ekplɔam toa tɔ siwo li
kpoo la to.
3 Egbɔa agbe nye luʋɔ.
Ekplɔam to nu dzɔdzɔe wɔwɔ
fe mɔ dzi,
le efe ŋkɔ la ta.
4 Togbɔ be mezɔa kubali
doviviti tsiɖitsiɖi me hã la,
nyemevɔ̃a vɔ̃ aɖeke o.
Elabe èle gbɔnye.

Wò atikplɔ kple wò atizɔti
faa akɔ nam.
5 Èɖo kplɔ̃ ɖe akɔnye me
le nye futowo ŋku me.
Èsi ami ɖe ta nam;
nye kplu yɔ gba go.
6 Ɛ̃, nunyoname
kple amenuveve
adze yonyeme
le nye agbe me ŋkekewo katã me,
eye manɔ Yehowa feme ɖaa.

Fia Gã la
(David fe hae)

24 Yehowa tɔe nye anyigba la
kple nu siwo katã yɔ edzi;
etɔe nye xexea me kple emenɔlaw

23,2: Nyad 7.17   24.1: Kor I. 10.26

Bibelseite

Unsere Gottesdienste finden täglich statt, dauern lang und sind immer gut besucht. Zum einen liegt dies bestimmt an der tiefen Spiritualität der Menschen, zum anderen wohl daran, dass wir Afrikaner Musik und Tanz lieben, und diese wesentliche Elemente des Gottesdienstes sind. Trommeln, Trompeten und Posaunen ertönen, die Chöre singen machtvoll und die ganze Gemeinde singt mit. Ich erinnere mich, dass mein Vater Obed immer in der Kirche Klarinette spielte und sein Bruder, Onkel Agbenanuame, das Harmonium. Einen Hinweis darauf fand ich sogar in diesem alten englischsprachigem Buch.

A Handbook of Eweland: The northern Ewes in Ghana - Seite 129
https://books.google.de/books?id=kT4_AQAAIAAJ - Diese Seite übersetzen
Francis Agbodeka, Kodzo Gavua - 1997 - Snippet-Ansicht
I have once seen two blacksmiths from **Hohoe**: **Bansah** Agbenanuame who played the harmonium in church were taught the singing band anthems; and Obed **Bansah** who played the clarinet in church sight-reading from the Ewe Hadzigbale ...

Handbook of Eweland

Neben der leidenschaftlichen Hingabe zum Christentum, lebt der ursprüngliche Glaube Voodoo, verbunden mit dem Ahnenkult, auch heute noch fort, wenn auch in abgeschwächter Form.

Wenn ich mit dem Bau eines Projektes, z. B. einer Brücke oder eines Gebäudes begonnen habe, oder später bei deren Einweihung, spricht der Pfarrer den Segen, und danach werden nach uralter Voodoo-Tradition Fetische aufgestellt und angebetet, um die Ahnen um Schutz und Beistand anzurufen. Denn durch die Bauarbeiten wurde die Erde, die Natur verletzt, und der Voodo-Priester bittet um Verzeihung. Und um den Schutz derjenigen, die in Zukunft dort leben und arbeiten.

Dazu werden Palmwein oder Schnaps auf den Boden geschüttet, und auch Kauri-Muscheln.

Die EP-Kirche, die „Evangelisch-Presbytern-Kirche" richtete auch Schulen im Land ein. Deren Schule in Hohoe wird seit vielen Generationen besucht.
Heute finden sich in dem Schulkomplex Klassen für alle Altersstufen rund um die große Kirche, der Reverend Seeger Memorial Church, an der „Bremen Mission Street" in Hohoe gelegen.

Straßenschild in Hohoe:
Bremen Mission Street

Evangelisch-Presbytern-Kirche in Hohoe

Foto: Mirka Laura Severa

Kirchenchor in Hohoe E. P. Church

Die ältesten Gebäude befinden sich leider in einem erbärmlichen Zustand, werden aber immer noch als Unterrichtsgebäude für die Kinder genutzt. Vor ein paar Jahren habe ich eine Spende zur Reparatur des Daches eines der alten Schulgebäude der E.P.-Kirche überbracht. Und einen kleinen Stromgenerator.

Bevor das Christentum in unserem Land Fuß fasste, glaubten wir Ewe an den Schöpfergott Mawu, nebst weiteren Gottheiten und Naturgeistern, die wir Trowo nennen. Sie alle leben, so der alte Glaube, im Götterhimmel. Sie sollen den Fischern reiche Beute beim Fischfang sichern, den Bauern gute Ernten und den Familien viele Kinder. Man muss aber die Götter gut behandeln: Missernten, Dürre, Krankheiten oder Unglücke sind sonst die Folge. Die Naturgeister leben in der Natur, in Flüssen und Seen, in Pflanzen oder Tieren. Den Voodoo-Priestern gelingt es, mit ihnen zu kommunizieren, indem sie deren Macht und Kraft in Fetische „verzaubern". Das können Tierschädel, ein Baum oder Steine sein.

Fetische auf dem Voodoo-Markt

Sprichwörter aus Ghana

Wirf deinen Wanderstab nicht fort,
ehe du aus dem Sumpf heraus bist.

Der Mensch ist keine Kokosnuss,
er ist nicht rundum abgekapselt.

Die Rinde eines Baumes fällt zu Boden,
wenn derjenige, der kratzt, niemanden zum Sammeln hat.

Wenn der Schlammfisch im Fluss fett wird,
so ist das auch für die Krokodile von Vorteil.

Eines Frosches Länge kann man erst nach seinem Tod feststellen.

Man wirft nicht ein Ding in den Busch,
um es dann wieder herauszuholen.

Das Huhn weiß, dass der Tag angebrochen ist,
lässt jedoch den Hahn krähen.

Die Zweige sind die Arme der Palme.

Krieg kündigt sich durch Beschimpfungen an.

Quellen:
„Afrikanische Goldgewichte",
INSEL-Bücherei Nr. 1040;

„Afrikanische Sprichwörter",
Verlag J. Hegner, Köln 1969;

R. Pagué: „Auch schwarze Kühe geben weiße Milch",
Mainz 1976

Himmels- und Erdengötter,
Zauberei, Kultus und Monarchie im Ewe-Volk

Himmels- und Erdengötter

Die Himmelsgötter

Unter den Himmelsgöttern steht der große Gott an der Spitze, den das Volk der Eweer glaubt im Bilde des Himmels erfasst zu haben. Während nun die einen im sichtbaren Himmel Gott anschauen, so scheinen für die Tieferdenkenden die Wolken, das Licht und das Blau des Himmels nur Schleier und Kleid-Gottes zu sein, hinter welchen er selbst unsichtbar lebt. Gott ist deshalb für sie ein Gott der Ferne, und ein verborgener Gott, von dem man nur so viel weiß, dass er einst die Menschen ungehindert mit sich verkehren ließ, dann aber durch die Schuld der Menschen sich in unendliche Fernen zurückzog, und dort nach Auffassung der einen in einem von Feuer umgebenden Raume, nach andern (Quellen) aber in einem Hause wohnt, das in einem großen, mit Bananen bepflanzten Garten steht. Damit ist der Gedanke bestätigt, dass Gott vom Himmel getrennt und persönlich „gedacht wird".

In engster Beziehung zu dem großen Gott steht das Götterpaar Sogble und Sodza. Die Erscheinungsformen beider sind Blitz und Donner. Sogble, auch Sotsu, „der männliche So" genannt, ist der älteste Sohn Gottes, den er in zündendem Blitze und mächtigen Donnerschlägen als seinen Boten auf die Erde schickt, um hier seine Strafurteile auszurichten. Er heißt deshalb auch nugblela, „Verderber". Sodza, auch Sono, weiblich „So" genannt, offenbart sich in dem ruhigen Leuchten des Blitzes und dem leise nachrollenden Donner. Es entspricht ganz der weiblichen Natur, wenn Sodza bei ihrem erzürnten Gemahl Sogble Fürbitte für die Menschen einlegt, wenn dieser nämlich gewaltig donnert und den Menschen droht, welche Gott gemacht, zu zerschmettern, so ermahnt sie ihn: Halt ein! Halt ein! Auch das übrige Verhalten der beiden Götter entspricht dem menschlichen Charakter. Während Sogble den Krieger aus seiner Not errettet, bewacht Sodza Haus und Hof, dass nichts Böses zustoßen kann, und während der erstere den jungen Mann zum tüchtigen Arbeiter werden lässt, so ist Sodza als Regenspenderin die Mutter des Wachstums, der Feldgewächse.

Zu diesem Götterpaar gesellt sich Sowlui, der Gott der Kaurimuscheln und Diener Gottes. Er verwandelt seinen Günstlingen im Laufe der Nacht Bohnen, Korn und Erdnüsse, welche sie in Töpfen aufbewahrt halten, zu Kaurimuscheln. Seinem Charakter nach wird er als Dieb bezeichnet, der seine Gaben vorher stehle, bevor er sie jemand gebe.

Die Erdengötter

Eine zweite, den Menschen viel näherstehende Götterklasse sind die anymawuwo: Erdengötter. Im Ewe-Land auch trowo, und bei uns wohl zu Unrecht Fetische genannt. Sie haben ihre Wohnsitze auf Bergen, an steilen Felsabhängen, in Schluchten und Höhlen, in Bäumen, Quellen und Flüssen. Ihre Hauptaufgabe besteht in der Vermittlung des Verkehrs zwischen den Menschen und dem fernen Himmelsgott. Vermögens ihrer unsichtbaren und mehr geistigen Natur können sie die weiten Räume zwischen der Erde und dem Himmel in einem Augenblick durchmessen.

Ihre Botengänge aber lassen sie sich von ihren Auftraggebern teuer bezahlen. Sie sind von einer übermenschlichen Kraft ausgerüstet, lösen über die Erde Trockenheit und verheerende Stürme aus, und lassen über die Menschen Krankheiten kommen, auch bestrafen sie die Menschen mit plötzlichem Tod. Einige Menschen und Städte führen ihr Leben und Wohlsein auf den Einfluss eines Erdengottes zurück und bezeichnen sich deshalb in besonderem Sinne als seine Kinder. Eingeteilt werden sie in einheimische und ausländische Götter. Die Klasse der Einheimischen setzt sich zusammen aus den ältesten, sogenannten Erbgöttern, die sie bei ihrer Einwanderung aus ihrem Stammsitz Amedzowe mitgebracht haben. Ihre Zahl vermehrte sich im Laufe der Zeit durch solche Götter, die an ihren jetzigen Wohnsitzen entstanden sind, sowie aus solchen, die sie von irgendeinem Nachbarstamm käuflich erworben haben. Die Heimat der ausländischen Götter findet sich im Westen und Osten des Ewe-Landes, also an der Goldküste, einschließlich Asante und Akwamu, und in Dahome und Yoruba. Von der Goldküste z. B. stammen die Götter Fofie und Dente, aus Dahome und Yoruba kamen Afa, „Zeichendeuterei und Wahrsagerei", sowie der einen Großteil des Ewe-Landes beherrschende Geheimbund der Yewe-Verehrer. Diese eingewanderten Götter können unter die Zahl der Erbgötter gerechnet werden, wodurch ihr Dienst erblich wird, und der Priesterdienst vom Vater auf den Sohn übergeht. Ist das aber nicht geschehen, so gehören sie der großen Zahl der Wandergötter an, die beim Ableben ihrer Priester nicht in derselben Familie bleiben, sondern auf andere „überspringen", also „wandern".

An der Spitze der ältesten Götter steht die Erde, die im ganzen nördlichen Teil des Ewe-Landes unter dem Namen mia no – „Unsere Mutter" – verehrt wird. Sie ist die Frau des Himmels und hat im Bunde mit ihm Menschen, Tiere und Pflanzen, ja sogar die Erdengötter, erzeugt. Sie ist die große Ernährerin alles Lebendigen, die „nicht einbricht, auch wenn ihr Feind auf ihr geht". Für die spätere Entstehung und den Kauf der Erdengötter sind auf den nachfolgenden Seiten einige Beispiele aufgeführt.

Die persönlichen Schutzgötter

Eine dritte Klasse von Göttern sind die persönlichen Schutzgötter, die über Glück und Unglück des Menschen entscheiden. Sie haben zum Teil ihren Sitz in Amedzowe, der Seelenheimat, z.T. auch bei den Menschen selber. Zu der Ersten Klasse gehören die Geistermutter, der Mann und die Frau des Jenseits, besonders aber der gbetsi, „das hinterlassene Wort", von dem es ein gutes und ein böses gibt. Die Namen der beim Menschen selbst wohnenden Schutzgötter sind: Der aklama, der allezeit hilfsbereite Segenspender, sowie dzogbe und kpegbonola, dessen Aufgabe es ist, die Lebensjahre der Menschen dem Tod gegenüber zu verteidigen.

Zauberei

Der Glaube an die geheimnisvolle Kraft des Zaubers ist im ganzen Ewe-Lande bei Männern und Frauen tief verwurzelt und sie bringen ihn in den verschiedensten Lebenslagen zur Anwendung. Der Zauber heißt dzo, „Feuer", und derjenige, der ihn besitzt, ist ein dzoto, also „Feuerbesitzer". Die Anwendung des Zaubers heißt sa, „binden, knüpfen", also die Kraft des Zaubers irgendwo festbannen, was gewöhnlich äußerlich durch Umbinden von Schnüren und dergleichen geschieht. Der Zauber kann einen Gegenstand wieder verlassen, und ist dann entwertet, weil sich seiner Kraft „entleert".

Im Allgemeinen ist zu unterscheiden zwischen der privaten und der im Rechtsleben zur Anwendung kommenden Zauberei.

Die Zauberei im Privatleben

Wie schon bemerkt, treiben die meisten Heiden für sich und ihre nächsten Familienangehörigen Zauberei. Dieselbe ersetzt ihnen die Hausapotheke. Sie erwerben überall, wo es Gelegenheit dazu gibt, Zaubermittel, welche gegen die Einflüsse böser Götter, Geister und Menschen in Anwendung gebracht werden. Während sich nun die einen damit auf den einfachen Hausgebrauch beschränken, lassen sich andere auf einen gewerbsmäßigen Betrieb der Zauberei ein, wozu sie je nach ihren Vermögensverhältnissen möglichst viele Zaubermittel käuflich erwerben. Wie bei uns hierzulande der Arzt, so wird im Ewe-Land der Zauberer zu einem Kranken gerufen, der dann nach Feststellung der Krankheitsursache auch die entsprechenden Zaubermittel in Anwendung bringt. Unter dieser Kategorie von „Zauberern" soll es auch solche geben, die zwar über eine große Zahl von Zaubermitteln verfügen, sie aber vor der Öffentlichkeit geheim halten. Sie werden gefürchtet, weil sie oft mit scharfen Giften ausschließlich im Geheimen wirken. Sie gehen immer darauf aus, einen ihnen missliebig gewordenen Menschen unbemerkt aus dem Leben zu schaffen. Zu diesem Zweck flößen sie Gift in sein Getränk, in seine Schüsseln und Teller, ja sogar in den Herd, auf dem gekocht wird. Sie vergraben zauberkräftige Dinge, wie z. B. Antilopenhörner, Kaurimuscheln, gebrauchte Maiszapfen und dergleichen unter dem Türeingang von Gehöften oder in dem Acker des Feindes. Wird jemand als geheimer Zauberer entdeckt, so kennt der Volkszorn kein Mitleid mehr mit ihm, und er wird meist auf die grausamste Weise hingerichtet.

Die Zauberei im Rechtsleben

Eine andere Seite der Zauberei kommt in aka, dem „Gottesurteil" zum Ausdruck. Die Übersetzung „Gottesurteil" deckt sich zwar nicht mit dem Wort, wohl aber in dem Sinne, den es in der Volksanschauung hat. Wie die Zauberkraft hauptsächlich die Wiedergenesung kranker und den Tod unliebsamer Menschen bewirkt, so tritt sie im aka für Recht oder Unrecht ein und wird deshalb ausschließlich im Gerichtswesen angewandt.

Beide Zauberformen sind unpersönlich und treten nur auf Befehl und nach dem Willen ihres Besitzers in Kraft. Während aber diejenigen Dinge, in welche der Zauber hinein gebannt wurde, inzwischen Legion geworden sind, beschränkt sich das aka auf einige wenige Faktoren, die weiterhin im Lande bei Rechtsstreitigkeiten Anwendung finden. Ein Beispiel: Der Aka – Besitzer gießt dem Angeklagten heißes Öl in die Hand, dem Schuldigen verbrennt es die Hand, der Unschuldige hingegen empfindet keine Schmerzen, ja, er salbt sich gar mit dem heißen Öl seine Hände. Das Geheimnis darum ist leicht zu erraten: Es wurde dem Angeklagten statt siedendem nur warmes Öl in die Hand gegossen. Ein weiteres Beispiel: Den zu prüfenden Männern wird mit einem heißen Eisen das Schienbein gebrannt. Derjenige, welcher bei dieser Prozedur keine Schmerzen empfindet, wird als unschuldig erklärt. Auch hier liegt ein Betrug vor, der dadurch ermöglicht wird, dass den Betroffenen mehr oder weniger eine schleimigen Masse an die Beine gestrichen wird, welche die Wirkung des glühenden Eisens abzuschwächen vermag.

Beide Methoden werden gekauft, wobei Käufer und Verkäufer eine Blutbrüderschaft schließen. An diese „Erwerbung" schließt sich dann noch eine öffentliche feierliche Weihe an, in welcher der aka im Beisein von Zeugen geprüft wird. Die Aka-Besitzer sind unter dem Volke gefürchtet und bilden untereinander eine verschworene Gesellschaft, die sich auch über weite Entfernungen zu den aktuellen Vorgängen austauscht.

Der Mensch

Abstammung

Der Leib der Menschen ist von Erde und wurde von Gott „gebildet", dessen „Hauptbeschäftigung" es heute noch ist, menschliche Körper zu „formen". Zur Schaffung eines menschlichen Körpers benötigt Gott die Kinnlade eines Verstorbenen und Töpferton, den er nach seinem Willen knetet und formt.

Für die Schaffung seines Körpers gebraucht der Eweer die Worte „we" für „formen" und „wo" für „machen". Anders verhält es sich mit der geistigen Seite seines Wesens, kurzweg seiner Seele.

Sie stammt aus der Seelenheimat Amedzowe, wo sie, die Seele, von der Geistesmutter „geboren wurde" und nach ihrer „Geburt" ein selbstständiges Dasein führte, dass Ähnlichkeiten mit dem Leben im Diesseits aufweist.

Als diesseitiger, mit Leib und Seele ausgestatteter Mensch, wird er schließlich im Diesseits von Menschen geboren. Der Geburt im Diesseits geht die Verabschiedung ins Jenseits, in der Seelenheimat, voraus. Dabei spendet die Geistermutter dem Scheidenden verschiedene Segenssprüche mit auf den Weg. Der Scheidende aber verspricht, wann er wieder in die Seelenheimat zurückkehrt. Dieses Versprechen wird gbetsi, das „hinterlassene Wort" oder das „personifizierte Versprechen" genannt.

Beschaffenheit

Aus dem Jenseits brachte der Mensch auch sein Lebensgeschick, sowie seinen ausgeprägten Charakter ins Diesseits. Ein gutgearteter Mensch war bereits im Jenseits gut, und ein mit Schlechtigkeiten behafteter Mensch aber bereits schlecht. Daraus leitet sich der

Spruch oder die Ausrede bei einem gesetzwidrigen Verhalten ab: „Das ist eben meine Art (von der Seelenheimat her)." Solche aber, die mit einem guten Charakter ins Diesseits gelangt sind, und die sich etwas zuschulden haben kommen lassen, führen die Ursache dafür auf den Einfluss eines bösen gbetsi aus dem Jenseits oder auch eines bösen Erdengottes zurück.

Angesichts dieser Anschauungen ist es merkwürdig, dass der Mensch nicht nur unter dem Einfluss seines aus dem Jenseits mitgebrachten Charakters, sondern auch unter der „Leitung" seines Herzens im Diesseits handelt. Die Menschen werden deshalb auch als die „Untergebenen ihrer Herzen" angesehen, und ehe sie vermögen, eine böse Handlung vorzunehmen, wehrt ihr Herz ab: „Es spricht Worte." Die Versuchung geht durch die Vermittlung des Auges oder Ohres von Dingen aus, die außerhalb des Menschen sind, aber nie von Herzen. Die Wirkungen der bösen Tat sind die, dass das Herz dem Menschen etwas sagt, dass es sich entsprechend bewegt, unruhig wird, ja sich fürchtet. Diese Reaktion des Herzens nach einer bösen Tat bestimmt manchen Menschen, seine Schuld einzugestehen und Abbitte zu leisten. Andere treibt es auch in den Tod, wie das aus der Fabel der Tsentse und dem „Gesang des Vogels" deutlich zu ersehen ist.

Das Lebensziel

Der Tod bedeutet zwar eine Grenzstation im irdischen Leben, nicht aber die Vernichtung der persönlichen Existenz. Der Mensch stirbt erst dann, wenn die von ihm bestimmte Lebensdauer abgelaufen ist. Nach ihrer Loslösung vom Leib geht die Seele seufzend einher und stört die Hinterbliebenen. Sie klopft an deren Tür, oder wandelt als weiße Gestalt auf der Dorfstraße, wo sie die ihr im Leben unangenehm gewordenen Menschen mit Steinen bewirft.

Dann aber muss sie wandern, denn das Ziel ihrer Reise ist die Unterwelt. Aber auch diese ist nur ein Durchgangsort, von der sie über kurz oder lang wieder ins Diesseits zurückkehrt, wo sie als Mensch in ihrer Familie oder aber als Tier ihr Dasein fortsetzt. Die Fabel von Safudu Kwaku beweist jedoch, dass manche Menschen nach ihrem Tod auch sofort von Gott in den Sonnenaufgang versetzt werden.

Kultus

Verehrung der Himmelsgötter

Verehrung des „großen Gottes"

Wenn gesagt wird, dass in Afrika die Gottesverehrung hinter den Geisterdienst zurückgetreten sei und völlig vernachlässigt werde, so stimmt das mit den Tatsachen im Ewe-Land nicht überein. Sicher ist ein Rückgang kaum zu bestreiten, aber keinesfalls eine gänzliche Vernachlässigung. Auch die Behauptung des Engländers Ellis, dass Gott, obgleich der mächtigste aller Götter, nie direkt Opfer dargebracht werden, und dass selten zu ihm gebetet werde, ist nicht unbedingt richtig. Versteht man unter dem höchsten Gott den Himmel, so ist darauf hinzuweisen, dass es besondere Himmelspriester gibt, die beides, Opfer und Gebete, darbringen. Wenn z. B. der Himmelspriester in Ho zum Himmel betet: „Oh, unser Vater und unser Herr! Wir danken dir, aber siehe, wie unser Land so trocken ist! Es ist sehr dürre und wir müssen hungern. Gib, dass es heute noch regnet!" – so ist das ein unmittelbar an Gott gerichtetes Gebet. Außerdem bringt der Priester jedes Jahr unter Gebet ein Stück Yams als Opfer dar, den er speziell für diesen Zweck gepflanzt hatte. Versteht man unter dem „großen Gott" den göttlichen und personifiziert gedachten Segen, so stimmen die Beobachtungen von Ellis wieder nicht, weil er nicht nur wöchentlich und monatlich, sondern auch jährlich verehrt wird. Wie der Priester des Himmels, so muss auch der Priester des „großen Gottes" sich durch Waschungen, Betupfen des Körpers mit weißer Erde und Anlegen einer weißen Kleidung für den Dienst vorbereiten. Selbst sittliche Reinheit wird wenigstens für diese Handlungen von ihm gefordert. Als Opfertier darf nur ein ganz weißes Schaf genommen werden, das der Priester, bevor es geschlachtet wird, dreimal gen Himmel hält.

Verehrung der Götter Sodza und Sogble

Wer sich länger mit der Religion der Eweer beschäftigt hat, wird sich des Eindrucks nicht erwehren können, dass vielerorts Sodza als der „große Gott" angesehen wird und Sogbe, obgleich sein Gemahl, doch auch wieder sein Diener ist. Wie dem auch sein mag, auch zu ihm wird gebetet, auch werden ihm Opfer, bestehend in Yams und weißen Schafen dargebracht. Ja, noch mehr bei der Verehrung der Erdengötter wird das ihnen zugedachte Opfer neunmal gen Himmel gehalten, und der Priester bietet es zuerst dem Gott Sodza, (besser: der Göttin), der mächtigen Mutter des Wachstums, als sein Opfer an, und nun erst werden die Erdengötter, denen das Opfer gilt, angeredet. Neben dieser unmittelbaren Verehrung wird freilich auch Sogbe als Vermittler des Gebets gedacht; aber auch zu ihm selbst wird gebetet, und das für ihn bestimmte Opfer darf nur in einem weißen Schaf bestehen.

Verehrung der Erdengötter

Wie die Verehrung der Himmelsgötter, so knüpft sich auch die der Erdengötter an feste Zeiten. Auch an zufällige Ereignisse, wie Krieg, Seuchen und der sogenannten „teuren Zeit". An den Opferhandlungen beteiligten sich in früheren Zeiten der ganze Stamm oder die Stadt, welche die Schützlinge des Gottes waren, dem sie galten. Das Opfertier, gewöhnlich eine Ziege, wurde unter Gebet in die Höhe gehalten und dem Gott mit der Einladung angeboten, er solle kommen um sein Opfertier „persönlich" in Empfang zu nehmen. Dann drückte man den Kopf des Tieres in eine mit Wasser gefüllte Grube, und, während die einem ihm Mund und Kehle zudrückten, misshandelten es die anderen, bis es verendete. Der Schluss wurde mit einer Opfermahlzeit und Segensspendung des Priesters beschlossen. Letztere bestand darin, dass die Verehrer mit einem auf dem Opferplatz angerührten Schlamm bestrichen wurden.

Verehrung der persönlichen Schutzgötter

Bei dieser handelt es sich meistens um Darbringung kleiner Lehmgötzen, die als Tauschmittel angesehen werden, d.h. der Empfänger derselben soll sie an Stelle des Opfernden annehmen. Dazu kommen noch Feldfrüchte und Hühner. Da von einer öffentlichen Verehrung des Zaubers nicht gesprochen werden kann, weil es keine gibt, so gehe ich über zum

Ahnenkult

Dieser kommt zum Ausdruck bei den Totenfesten, bei der Verehrung des königlichen Stuhles, beim Gebet zum Palmenwald und endlich bei der Verehrung der Sonne.

Den Verstorbenen werden Opfer mitgebracht, wenn die Angehörigen den Geist zitieren lassen, um von ihm die Ursachen seines Todes zu erfahren. Man gießt Wasser und Palmwein auf ihr Grab und stellt für sie Speisen an den Weg.

Das Schaf, das für den Königsstuhl dargebrachte Opfer beim Yams-fest, gilt den königlichen Ahnen, die jeweils auf dem Stuhl gesessen waren.

Sollen Palmen zur Palmwein – Produktion gefällt werden, so wen-det sich das Familienoberhaupt im Gebet an alle Vorfahren und bringt ihnen ein Mehlopfer dar. Er bittet sie, ihnen nicht böse zu werden, wenn sie Palmen fällen, damit keines von ihnen krank wer-de und der Palmwein reichlich fließe.

Im Inneren beten viele Betrübte zu der aufgehenden Sonne und wenden sich damit an ihre verstorbenen Angehörigen, denen sie ihren Jammer klagen, oder sie bitten, zu kommen und sie zu sich zu holen, oder sie mögen den krank zu Hause liegenden Angehörigen nicht länger belästigen.

Ihre Opfer bestehen in Kehricht, verbranntem Yams und verbrann-tem Mais, das man im Busch darnieder legt, wo die Geräte des Verstorbenen stehen.

Monarchie

Einsetzung des Königs

Die Einsetzung des Königs fand am 8. März 1886 statt. Als uns die Häuptlinge dazu einluden, brachten sie uns ein Geschenk: Yams, Palmwein und ein Huhn, und baten, wir möchten ihnen drei Zy-linderhüte aus Europa bestellen.

Die Einsetzung des Königs wurde nichtöffentlich, sondern nur in Gegenwart der Häuptlinge und einiger aus dem Volk ernannten Männer vorgenommen. Ihre Zahl mag sich auf etwa 20 Personen belaufen haben. Die Hauptpersonen waren der neue König Kumi, der Dente-Priester Komla und ein altes, ausgezehrtes Weib, welches ebenfalls als Priesterin tätig war.

Kumi ist ein schlanker, gutmütig aussehender Mann, dessen Auftreten wenig Energie verrät. Seine Kleidung bestand aus einem roten Lendentuch, und aus einem großen, weißen Stück Zeug, das er nach Landesart über die linke Schulter geworfen hatte. Das Haupt, die rechte Schulter, sowie Hände und Füße waren unbedeckt.

Das Volk durfte der eigentlichen Einsetzungsfeier nicht beiwohnen, weil es den Thron und einen Teil der übrigen Insignien nicht sehen darf. Diese bestehen aus einem großen Landesstuhl, auf dem ein ledernes Polster liegt. Auf diesen Stuhl setzt sich der König bei Gerichtsverhandlungen. Dazu gehört ein kleiner, ganz mit Blut bestrichener Landesstuhl, der eine schmutzig-schwarze Farbe hat, und der für gewöhnlich in ein weißes Tuch gewickelt ist. Dies ist der eigentliche Thron. Endlich gehören dazu verschiedene Kuh- und Pferdeschwänze, und eine Hängematte, auf der drei bis vier Schwerter, der Schirm des verstorbenen Königs, sein Kriegshut und verschiedene andere Sachen lagen. Der Kriegshut ist aus einem Widderkopf gemacht und mit großen Federn geschmückt. Diese Gegenstände werden sorgfältig in einer Hütte aufbewahrt. Bevor sie jedoch angefasst und herausgetragen werden durften, mussten sich die Männer einer Reinigung unterziehen, die in folgender Weise vor sich ging: Der Dentepriester Komla brachte eine Messingschüssel, in der geweihte Blätter lagen, worüber sie Wasser gossen. Die Schüssel wurde von Komla und von dem alten Weib, von dem neuerwählten König Kumi und einem anderen Manne gehalten. Während diese vier Personen die Schüssel in die Höhe hielten, rief der Priester den Geist des verstorbenen Königs an und bat ihn, er möge auf Kumi alle seine Macht übergehen lassen, und dadurch die Macht des Hofstammes wieder befestigen. Hierauf bestrichen sich diese vier Personen Hände, Gesicht und Brust mit dem geweihten Wasser. Der Priester Komla brachte die Insignien aus dem Zimmer heraus in das Gehöft. Kumi musste nun vor dem Thron niederknien, worauf ihm der Priester einen Widder auf die Schultern legte. Dann betete er zu den Göttern, und der König musste ihm kniend etwas nachsprechen. Nach dem Gebet und der Vereidigung des Königs wurde ihm der Widder von der Schulter genommen und vor den Thron gelegt. Hierauf hoben sechs Männer das Tier in die Höhe und schwangen es einige Male nach oben. Während dieses Vorganges predigte der Priester laut zu den Göttern. Nachdem er sein Gebet beendigt hatte, wusch er seine Hände, Gesicht und Brust mit dem geweihten Wasser, trank davon und besprengte alle diese Gegenstände, vom Thron bis zum Kuhschwanz, mit dem gleichen Wasser. Der Widder, den die Männer unterdessen immer noch hochgehalten hatten, wurde in dieser Stellung getötet. Mit einem scharfen Messer wurde ihm der Kopf abgeschnitten. Das Blut wurde in einer Schüssel aufgefangen. Die eine Hälfte mischten sie mit Ruß, die andere wurde zu einer Suppe verwendet. Nachdem sie dem Tier das Fell abgezogen hatten, übergaben sie den Anwesenden einen Teil des Fleisches. Der König Kumi aber erhielt zwei Teile, nämlich Brust und Kopf. Das Fleisch und die Eingeweide wurden gekocht. Während einige Männer mit der Zubereitung der Speise beschäftigt waren, bestrich der Priester mit seinen Gehilfen die Insignien mit der schwarzen Masse, die ein Gemisch aus Blut und Ruß bildete. Dann legten sie über den Hof quer über den Eingang grüne Zweige als Schranke, die von den Geistern nicht überschritten werden dürfen. Neben diesen Zweigen legte der Priester Opfer: Yams, Mehl und Kot aus dem Darm des Widders, nieder. Hierauf betete er zu den Geistern und führte unter anderem aus, sollten diese je kommen, so sollten sie sich mit dieser Speise abfinden und nie mehr zurückkehren. Den Schluss der Feier bildete ein Festmahl, bei dem sie sich das Fleisch des Widders schmecken ließen. Nach dem Essen bestrich sich der Priester Komla ganz mit weißer Erde und tanzte mit fast völlig entblößtem Körper die ganze Nacht hindurch.

Stellung des Königs

Die Stellung des Königs ergibt sich schon aus der Wahl und aus der Einsetzung. Er ist kein unumschränkter Selbstherrscher, sondern kann nur im Verein mit den übrigen Häuptlingen regieren. Der König, der erste Häuptling Awede von Banyakoe und derjenige von Ahoe, bilden den Kern der Regierungsbehörde, deren Glieder „Stadtväter", dutowo, heißen. Ihnen ist ein Sprecher zugeordnet. Letzterer hat einige Ersatzmänner, die ihn vertreten, wenn er an der Teilnahme der Sitzungen verhindert ist. Zu diesem Kollegium gehört ein Beirat, der sich aus den ersten Häuptern größerer Familien zusammensetzt. Diese werden awetowo, Herren, wohl am ehesten „Ratsherren" genannt. Dieser Körperschaft gegenüber steht die Gemeindevertretung, asafo genannt. Hierzu gehören der asafofia, der Gemeindekönig und sein Sprecher. Ihm ist die ganze junge Mannschaft eines Dorfes unterstellt. In Kriegszeiten muss er für Pulver und Blei sorgen. Solange er vor dem Feinde steht, darf kein Krieger zurückweichen. In Friedenszeiten ist er die Mittelperson zwischen Häuptlingen und Mannschaft des Dorfes, andererseits muss er diese letztere wieder gegenüber den Häuptlingen vertreten. Die junge Mannschaft hat das Recht, Einsprüche gegen Beschlüsse der Häuptlingsschaft zu erheben. Wenn sie Beschlüsse und Gesetze der Häuptlinge missbilligen, so besprechen sie sich zuerst mit ihrem Obmann, dem asafofia. Ihm fällt dann die Aufgabe zu, den Willen der Mannschaft vor die Howeawo, d.h. vor das gesamte Richterkollegium, zu bringen. Dieses unterzieht seine Beschlüsse hierauf einer Revision und nimmt womöglich auf die Wünsche des Volkes Rücksicht. Die Macht der Zoha oder der Mannschaft reicht so weit, dass sie Könige und Häuptlinge absetzen können. Allerdings sollten sie in diesem Falle unbedingt den größten Teil der Häuptlingsschaft auf ihrer Seite haben. Diese Machtbefugnis wird jedoch nur im äußersten Notfall, und immer auf gesetzlich traditionellem Wege, in Anwendung gebracht, so z. B., wenn sich der König oder ein Häuptling eines ungesetzlichen Handelns schuldig gemacht hat, welches dem Ansehen des ganzen Stammes schädlich ist. Das Vertrauen der Häuptlingsschaft und des Volkes muss sich der König durch kluges Reden und Handeln erwerben. Gelingt ihm das, so wird ihm das Vertrauen des Stammes seine Arbeit erleichtern. Gelingt es ihm aber nicht, so stößt er fortwährend auf Hindernisse.

Von einem verständigen König sagt man: Mawu ena fiadudu, „Gott hat ihm die Regierung gegeben", oder auch: Manu ena fiae, „Gott hat ihn zum König gemacht". Der Charakter eines solchen Königs wird mit dem Worte „fa" als friedliebend beschrieben. Ein guter König grüßt seine Untertanen freundlich und sagt: Togbui, ano sesie, ano agbe, mano fdr nu wo „Großvater (Es handelt sich hierbei um einen Ehrentitel, der unter Umständen selbst kleinen Kindern verliehen wird) bleibe gesund, bleibe am Leben, und ich will bei dir sein!". Kommt einer seiner Untertanen in sein Gehöft, so bietet er ihm gerne eine Kalebasse Palmwein an. Wer ihn besucht, selbst ein Kind, soll merken, dass er den König mit seinem Besuch erfreut hat. Hat er gerade nichts bei sich, was er dem Besuch anbieten könnte, so entschuldigt er sich: „Leider habe ich augenblicklich nichts, was ich dir anbieten könnte; aber – (sich zu einem seiner umstehenden Leute wendend) – „du, gib ihm einige Kaurimuscheln, dass er sich ein Brot kaufen kann!"

Ein guter König „hört, als höre er nicht", ele nyawo sem abe de mele wo sem o nene. Hat er über Jemanden etwas gehört, so macht er keinen Lärm, sondern ruft seine Ratgeber, um es mit ihnen zu besprechen. Stimmt das, was sie gehört hatten, überein mit dem, was der König vernommen hat, so trifft er Entscheidungen, die Angelegenheit in Ordnung zu bringen. Wird jemand von den Richtern verurteilt, so spricht er nicht kurzweg sein Urteil, sondern bezeugt dem Verurteilten zuerst seine Teilnahme. Er nimmt dadurch dem Verbitterten die Bitterkeit und dem Scharfen den Stachel. Das erfreut auch den Verurteilten, so dass er sich seine Strafe für die Zukunft zur Warnung dienen lässt.

Ein guter König muss auch ein fleißiger Ackerbauer sein, damit er durch tüchtige Arbeit seinen Untertanen als Vorbild dient. Wie alle anderen geht er nicht nur auf den Acker, sondern webt auch zuhause Kleider. Seine Untertanen ermahnt er, nicht zu den Feinden da und dort zu gehen, und sich kein Unrecht zuschulden kommen zu lassen, weil er ihnen sonst nicht helfen könne. Die Untertanen eines guten Königs werden reich, und wo sie ihren Glanz zur Schau tragen, da redet man nicht von den Hoern, sondern von dem König der Hoer.

Wie mit seinen richterlichen Aussprüchen, so beruft er sich auch in Bezug auf seine Regierungsgrundsätze auf Gott, indem er sagt: „Mawu megbloe nam sigbe o.“ – „Gott hat es mir nicht so gesagt.“ Von einem schlechten König sagt der Volksmund: „Ewe fiadudu etso anygba.“ – „Er hat sein Regiment von der Erde“.

Leibdiener des Königs

Jeder größere König im Ewe-Land besitzt eine Anzahl Diener, die tsyonfowo genannt werden. Der alte König Kofi in Dome (Wegbe) soll nicht weniger als 24 Diener gehabt haben. Ihre Aufgaben sind mannigfaltig. Während die einen täglich um den König sein müssen, um ihn zu bedienen, sind die anderen seine Amtsdiener, seine Bevollmächtigten und seine Träger. Will der König bei einem festlichen Anlass sich vor dem Volk in seiner königlichen Würde zeigen, so lässt er sich von seinen Dienern in einem etwa zwei Meter langen Korb, apaka, tragen. Es stehen immer vier Mann unter dem Korb, die anderen gehen vor dem König her und treiben die Leute aus dem Weg. Ihr Abzeichen ist ein aus einer dicken Tierhaut spiralförmig gedrehter Riemen, atam, von dem sie unter Umständen reichlich Gebrauch machen. Ziegen und Schafe, die ihnen in den Weg kommen, dürfen sie ungestraft töten und verspeisen. Sie sind auch bei sonstigen Gelegenheiten in unmittelbarer Nähe des Königs, tragen ihn auf den Schultern und stützen ihm bei langen Sitzungen den Rücken. Hat jemand den Eid des Königs geschworen, so werden die Betreffenden, die Eidleister, sowie derjenige, auf welchen der Eid geschworen wurde, durch diese Diener vor das Gericht des Königs geladen. Wer sich ihrer Vorladung widersetzt, kann von ihnen mit einem Atam geschlagen oder gefesselt, und in ein Zimmer geworfen werden, wo er über sein Schicksal nachzudenken Gelegenheit findet. Auf jemanden, der sich ihnen widersetzt oder sie belügt, dürfen sie auch die höchsten Eide schwören, woraus natürlich bedeutende Kosten erwachsen. Die Angehörigen eines von den Dienern des Königs Vorgeladenen lassen es aber gewöhnlich nicht so weit kommen, weil ja die darauffolgende Strafe alle treffen würde.

Eine Bezahlung bekommen diese Diener nicht, dagegen dürfen sie sich dadurch schadlos halten, dass sie sich zum größten Teil die Strafgelder der Verurteilten aneignen. Wurde z. B. jemand zu 60 oder zu 100 hotu (entspricht der früheren Deutschen Mark) und zu einem Widder verurteilt, so muss der tsyonfo das Geld eintreiben. Von der gesamten Summe erhält der König im besten Fall 10-20 hotu, muss sich aber auch oft mit umgerechnet 4,50 Mark zufriedengeben. Das übrige Geld behalten die Diener für sich. Den Widder bekommt der König regelmäßig zu seinem eigenen Gebrauch.

Lebensweisheiten aus Ghana

Fabel von der Schildkröte und dem Adler

Die Schildkröte und der Adler waren dicke Freunde. Die anderen Tiere wunderten sich über diese ungewöhnliche Tierfreundschaft. Aber das störte die beiden nicht. Auch nicht, dass die Adlerfamilie die Freundschaft nicht guthieß, weil sie, die kleine Schildkröte, nicht, wie es Tradition ist, zu deren Totenfeiern kommen kann.

Der Adler kam regelmäßig zu seiner Freundin geflogen, sie verbrachten die Tage und erzählten sich gegenseitig, was sie so erlebten. Eines Tages kam der Adler mit einer schlimmen Nachricht herunter in den Wald. Seine liebe Mutter war gestorben. Nun wollte er alle Tiere zu der Totenfeier einladen. Die Feier sollte in der Behausung der Adler, ganz oben auf den höchsten Baobab-Bäumen stattfinden. Alle Tiere, die klettern und fliegen konnten, sagten zu, auch die Geier, die Affen, Eichhörnchen und die Ameisenkönigin. Der Adler war traurig, dass ausgerechnet seine beste Freundin, die Schildkröte nicht kommen konnte.

„Ich werde der erste Gast sein, auf der Feier für deine liebe Mutter", erwiderte die Schildkröte und alle lachten sie aus. Der Adler schüttelte nur seinen Kopf und flog weiter, er musste seine Besorgungen für das Fest erledigen.

Der Tag der Feier nahte und die Tiere besprachen, welche Geschenke sie der Adlerfamilie mitbringen wollen.

Da sagte die Schildkröte zu dem großen Geier. „Herr Geier, du bist stark, nur du kannst mein Geschenk für den Adler auf den Baum bringen. Ich habe eingesehen, dass ich nicht selbst hingehen kann. Bitte komm gleich nach Sonnenaufgang, ich lege mein Geschenk an den Felsen am Fluss."

Der Geier grinste, weil die Schildkröte das ihrem Freund gegebene Versprechen nun doch nicht einhalten konnte, versprach aber das Geschenk mitzunehmen. Am nächsten Morgen kam er geflogen, fand das Päckchen, griff es mit seinem starken Greif und schwebte auf den Baobab. Dort ließ er es auf den bereitgestellten Tisch fallen, es war ihm doch schwer geworden, und flog wieder davon.

Nach und nach trafen die Gäste ein, der Adler begrüßte sie alle, vermisste aber seine Freundin, die Schildkröte. Die anderen Gäste lästerten, das will eine Freundin sein, die dir in der schweren Stunde nicht beistehen kann. Dann hörten sie alle ein Rascheln vom Geschenketisch und eine Stimme rief: „Seht, ich bin doch hier, war schon lange vor euch allen da."

Die handgeschnitzten Armlehnen dieses Stuhles
weisen auf die afrikanische Fabel vom Adler und der Schildkröte hin

Die Geschichte von Domenyo und dem Huhn

Zwei Brüder, Domenyo und Nubia, reisten gemeinsam durch das Land, als sie auf dem Weg ein Huhn fanden, das um sein Überleben kämpfte. Domenyo wollte das Geflügel mit nach Haus nehmen und es dort wieder gesund pflegen, aber sein Bruder Nubia versuchte ihn zu überzeugen, das kranke Tier zurück zu lassen, da es doch sterben würde.

Aber Domenyo antwortete ihm, er werde sein Möglichstes versuchen, um das Huhn am Leben zu halten. Und deswegen müsse er sofort nach Hause gehen, egal wie weit der Weg sei.

Nach drei Monaten besuchte Nubia seinen Bruder zum ersten Mal wieder und fand, überraschenderweise, ganz viele Hühner in seinem Hof. „Bruder, wo hast du das ganze Geflügel her, sie sind alle so kräftig und schön? Zeig mir wie du dazu gekommen bist?" Domenyo antwortete, „Erinnerst du dich an den Tag, an dem wir reisten und unterwegs ein Huhn fanden, das im Begriff war zu sterben? Du wolltest es sterbend zurücklassen, bei mir aber überlebte das Huhn, und legte viele Eier. Und wie du mit bloßen Augen sehen kannst: Die jungen Hennen und Hähne stammen alle von diesem Huhn.

Er beneidete seinen Bruder und so ging er in die Stadt, um allen Leuten dort zu erzählen, wie viel Geflügel in Domenyos Haus wäre. Er sagte, sie sollten zu ihm gehen und nach den schönen Hühnern fragen. Domenyo, das wusste er, würde ihnen alle seine Vögel geben.

Der Bruder war sehr freizügig und jeder sollte einige Hühner abbekommen. Wegen seiner guten Gesinnung brachten einige, die wegen der Hühner kamen, ihm drei schöne starke Ziegen mit.

Wieder einige Tage später kam Nubia bei seinem Bruder Domenyo zu Besuch, und sah die schönen Ziegen, aber kein Geflügel mehr.

Das ließ ihn erneut auf seinen Bruder neidisch werden, und so ging er direkt zum König in die Stadt und berichtet ihm, dass Domenyo so schöne Ziegen in seinem Haus habe, damit er hingehen solle, und ihn um die Ziegen zur Verpflegung seiner Besucher zu bitten. Der König tut auch, was Nubia ihm sagt, und er schickt seine Diener zu Domenyo, um nach den Ziegen für seine Gäste zu fragen. Und es kam wie es kommen musste. Domenyo gibt dem König das, wonach der König fragt.

Die Ziegen machten des Königs Gäste so glücklich, so dass der König Domenyo sein wunderschönes weißes Pferd überließ.

Domenyo nahm jeden Abend ein Bad, zog sein bestes weißes Kleid an, und ritt auf des Königs Pferd durch die Stadt. Der Anblick schmerzte Nubia so sehr, so dass er sofort zum König eilte. „König, nimm Domenyo das weiße Pferd wieder weg, sonst nimmt Domenyo dir deinen Königstitel ab, die Leute in der Stadt reden schon darüber", so seine Worte.

Der König holte sein Pferd zurück, und gab Domenyo dafür Säcke voll Getreide, Yam, Reis, Maniok und Früchten.

Domenyos Haus war voller Nahrung. Und wieder sah sein Bruder das – nun schickte er jeden Bewohner der Stadt in Domenyos Haus, und jeder trug einen Korb voller Essen heraus.

Einige Zeit später wurde der König sehr krank und starb. Als er begraben war, sagten die Ältesten in der Stadt: Wir brauchen jemand, um den toten König zu ersetzen, und jeder in der Stadt sagte, in der Zeit in der sie hungrig waren, Domenyo ist derjenige gewesen, der uns ernährte, und so akzeptieren sie Domenyo als neuen König der Stadt. In dem Moment in dem Nubia hörte, dass Domenyo zum König der Stadt gekrönt wurde, fiel er um und starb.

In der Ewe-Sprache bedeuten Domenyo und Nubia Großzügigkeit und Neid. Die Geschichte kenne ich noch aus meiner Schulzeit. Und es ist wirklich so, wenn man bei uns um etwas bittet, so wird es gegeben. Das ist so Sitte.

Jeder kennt jemanden, der jemanden kennt, der jemanden kennt ...

In den folgenden Jahren stellte sich bei mir immer mehr die Routine ein – Presseleute, Kamerateams kamen, um von dem König, der täglich in seinem eigenen Betrieb arbeitete, Lehrlinge ausbildete, und im Nebenberuf oder Hauptberuf – je nach aktuellem Schwerpunkt – als König über ein Gebiet in Ghana wirkt, zu berichten. Nach Ausstrahlung der Sendungen oder Veröffentlichungen der Berichte oder

Dokumentationen in den Printmedien, werde ich zu zahlreichen Veranstaltungen von Firmen, Messen, Organisationen oder Privatpersonen eingeladen, denen mein Engagement zum Wohle meines kleinen Königreiches gefällt, und die mich auch gerne unterstützen möchten. So kam es im Laufe der Zeit zu sehr interessanten Begegnungen mit Menschen aus Politik, Wirtschaft und Kultur.

Auf dem Weg zum Eintrag in das Goldene Buch der Stadt Ludwigshafen.
Mein ehemaliger Chef Ottmar Schweizer, links, begleitet mich voller Stolz. Rechts im Bild ein Wächter von König Bansah

103

In meiner neuen Heimatstadt Ludwigshafen durfte ich mich in das Goldene Buch der Stadt eintragen, eine Seite vor dem damaligen US-Präsident Bill Clinton, nach einem Besuch beim Bundeskanzler Dr. Helmut Kohl.

Dr. Helmut Kohl bin ich mehrmals begegnet, er hat mich immer mit allergrößten Respekt behandelt. Präsident Bill Clinton durfte ich Jahre später auf einem Kongress in Accra begrüßen.

Durch all diese Begegnungen und die zahlreichen Veranstaltungen und die Honorare daraus, Erlöse aus Verkauf von Merchandise-Produkten, konnten wir über die Jahre hinweg beachtliche Hilfsprojekte in Ghana durchführen, und nur so konnte ich zur Verbesserung der Lebensumstände meines Volkes, meines Königreiches, beitragen. Ganz wie ich es mir damals vor meiner Krönung vorgestellt und meinem Volk versprochen hatte.

König Bansah beim Eintrag in das Goldene Buch
mit dem damaligen Oberbürgermeister von Ludwigshafen Dr. Wolfgang Schulte

Festakt zum 50jährigen Bestehen des CDU-Kreisverbandes im
Pfalzbau Ludwigshafen. Dr. Helmut Kohl, damaliger Bundeskanzler
mit Ehefrau Hannelore und König Bansah

Präsident Bill Clinton zusammen mit König Bansah in Accra

Unser wichtigstes Anliegen ist es, vielen wissbegierigen jungen Menschen in Ghana eine moderne, saubere Lernumgebung zu schaffen. Die Kinder Ghanas sind dankbare Schüler und Studenten, die gern zur Schule gehen und fest daran glauben, durch Bildung einen guten Start ins Leben zu schaffen. Ich möchte ihnen helfen, ihren Traum zu verwirklichen.

Zuerst haben wir immer wieder kleine Schulen mit Geld zur Finanzierung von Lehrmitteln unterstützt oder einen Beitrag zum Bau des Gebäudes geleistet. Aber nachdem durch unsere Aktivitäten in Deutschland unser finanzieller Spielraum größer wurde, haben wir auch größer gedacht und kauften Ende der 1990er Jahre ein großes Stück Land vor den Toren der Stadt Hohoe. Unberührtes Buschland, rechts und links keine Häuser, einfach nichts. Aber so schnell wie Hohoe und seine Vororte gewachsen sind, liegt das Schulgelände unterdessen in der Stadt. Aber nicht nur Hohoe hat sich entwickelt, auch unser Gelände. Heute stehen dort drei langgezogene Schulgebäude und ein sehr großes weiteres Gebäude, das noch nicht ganz fertig ist. Dort wollen wir eine Lehrwerkstätte für verschiedene handwerkliche Berufe einrichten. Dass Handwerk goldenen Boden besitzt, habe ich in Deutschland selbst erfahren. Eine solide handwerkliche Ausbildung in Ghana sichert auch die Existenz.

Getreu diesem Spruch, jeder kennt jeden über sieben Ecken, lernten wir bei jeder unserer Veranstaltungen wiederum Menschen kennen, die uns weitergeholfen haben.

Aus kleinen Auftritten entwickelten sich große. Eingeladen auf einem Polterabend bei Ludwigshafen, vermittelte uns der Bräutigam an einen Verwandten, der in Norddeutschland, in Esens bei der Vorbereitung einer Benefizveranstaltung in einem Hotel mitarbeitete. Dort sollte ich auftreten und über meine Aufgaben als König und über meine Projekte berichten.

Der Veranstalter bat mich, im Foyer des Hotels die Gäste zu begrüßen, was ich sehr gern tat. Ein Herr war von mir sehr angetan, und ich auch von ihm. Es war, als ob wir uns schon ewig kennen würden.

Im Laufe der späteren Jahre hatten wir viele gemeinsame Veranstaltungen. Durch ihn, Dr. h.c. Dieter F. Kindermann, und dem Verein „International Children Help e. V." erhielten wir auch Unterstützung.

So wurde der Verein Hauptsponsor für eine der großen Schulen auf dem besagten Schulgelände, mit Toilettenanlage und Sonnenkollektoren auf dem Dach. Auch Schulbusse haben wir durch den Verein erhalten. Embleme und Logos des Vereines zeugen davon. Da ich gerne jedem danken möchte, der für den Bau der Schulen und anderer Bauprojekte gespendet hat, habe ich deren Namen in die Pfosten der Schule schreiben lassen und die Schultüren mit den Fotos der Gönner gestaltet.

Mit den Menschen rund um Esens, und vor allem denen im nahegelegen schönen Werdum, bin ich heute noch freundschaftlich verbunden. Wir haben dort schon an zahlreichen Veranstaltungen teilgenommen, Dank auch dem lieben Bürgermeister a. D. Friedhelm Hass, der uns immer wieder in sein Programm eingebunden hat. Und uns auch nach Ghana begleitete.

Um immer über sauberes Trinkwasser in der Schule zu verfügen, wurde ein Brunnen gebaut und zuerst mit einer Schwengelpumpe betrieben. Später, nachdem wir auch eine Stromversorgung hatten, wurde das Wasser mit einer elektrischen Pumpe direkt in einen großen Vorratsbehälter gepumpt. So dürfen die Schüler jederzeit den Wasserhahn aufdrehen, genauso selbstverständlich, wie bei uns in Deutschland auch. Die Sponsoren zu diesem Brunnenprojekt haben wir bei unseren Reisen ins Erzgebirge, nach Annaberg-Buchholz, Zschopau und Umgebung kennengelernt.

Drei Schulen stehen auf dem Gelände zur Verfügung

Sponsor Joachim Damm an seiner Schultür

Sponsorentafel für den Brunnen
an der Schule. Sponsoren: Golfclub
Zschopau und Firmen rund um Annaberg-Buchholz aus dem Erzgebirge

Immer wieder fuhren wir in diese Region. So auch nach Schneeberg und Aue, wo wir Sponsoren für unsere Schulen fanden. Namentlich nennen möchte ich hier stellvertretend für alle Herrn Rudolf Martin.

Die nächste Schule trägt den Namen „Royal Society ". Auch ein langjähriger Freund, Volkmar Uebelhör, wollte sich stärker für die Entwicklung meines Königreiches engagieren und scharte dazu eine Reihe gleichgesinnter Philanthropen um sich, Mediziner, Rechtsanwälte, Ingenieure, Architekten, Geschäftsleute, welche die „Royal Society King Céphas Bansah" gründeten.

Durch viele, auch kreative Aktionen der Society, und dank dem großen Engagement einzelner Mitglieder, konnten wir das Geld für den Bau dieser Schule aufbringen. Dafür danken wir jedem einzelnen von ganzem Herzen.

Die Liste weiterer Projekte ist lang. Wir erhielten Geld zur Finanzierung von Lehrmitteln oder Behandlungskosten von Patienten in Ghana. Oder Sachspenden, wie z. B. Stromgeneratoren oder Wasserpumpen, oder Geld für ein Monument des Volkes der Ewe in Notse/Togo.

In zwei aufeinanderfolgenden Jahren konnten durch die Mitglieder von Royal Society zwei blinde Patienten aus Ghana nach Deutschland geflogen werden und erfolgreich in der Universitätsklinik von Heidelberg operiert werden. Eigenhändig durch Prof. Gerd Auffarth, Direktor der Universitäts-Augenklinik Heidelberg, der vor kurzem weltweit zur Nummer 2 der Top 100 an Fachleuten in der Augenheilkunde ernannt wurde.

Ein weiteres Mitglied organisierte Events in seiner Parfümerie, wir erhielten einen Teil des Verkaufserlöses der Flacons. Andere übergaben uns das Geld, das sie, anstelle von Geschenken ihrer Geburtstagsgäste, erbeten hatten.

Der Gewinn aus einer Quizsendung mit Jörg Pilawa verbirgt sich ebenfalls in der „Royal Society Schule".

Einer der Mitglieder überlegte, wie man eine größere Summe für die Schule generieren könne. 10.000 Euro sollten es schon sein. Seine grandiose Idee: Wir werden diese Summe gewinnen.

Dr. Manfred Gau und König Bansah
in einer Quizsendung bei Jörg Pilawa

Die glücklichen Gewinner mit Jörg Pilawa

Das Casting und die Prüffragen zu der Sendung „Das Quiz" mit Jörg Pilawa hatten wir bestanden, nun hofften wir auf die Einladung. Es sollte Wochen dauern, bis der erlösende Brief ins Haus flatterte. Wir wurden angenommen und reisten nach Hamburg. In der Sendung gewannen wir Runde um Runde, nur eine Frage zu Hoffmann von Fallersleben konnte ich nicht beantworten. Egal, wir grämten uns nicht, denn wir hatten gemeinsam 20.000 Euro gewonnen. Dafür konnte ich jede Menge Zement und Sand kaufen, viele Blocksteine herstellen lassen, Holz für den Dachstuhl und Türen und Fenster für die Schule bezahlen. Die Bauarbeiter erhielten einen anständigen Lohn.

Royal Society – Gruppenbild 2011

Bauphasen der Lehrwerkstätte
Hauptsponsor „Rübezahl-Schokoladen"

Wieder ist eine Schule fertig. Die Schüler umjubeln König Bansah

Promotion mit König Bansah.
Messestand der Firma Rübezahl auf der Süßwarenmesse in Köln

Durch Pressemeldungen dazu wurde wiederum der Marketingleiter einer deutschen Süßwarenfirma auf uns aufmerksam. Er lud uns ein, über Ghana, Kakao und natürlich über mein Königsein zu referieren. Die Berichterstattung über den Besuch war erfolgreich und so durften wir auf einem großen Stand auf der Kölner Süßwarenmesse die Firma Rübezahl vertreten, und kurz darauf auch auf dem berühmten Bonbonball in Wien. In den Folgejahren engagierte sich „Rübezahl" sehr stark für unser Schulbauprojekt.

Für den dritten, auf dem großen Schulgelände erst vor kurzem fertiggestellten Block mit sechs großen Unterrichtsräumen, suchen wir noch einen Namenspatron. Neben der Sponsorentafel unseres Freundes Bernd Höhle, weltbekannter Martial Art Meister, haben wir noch genügend Platz für weitere Spender.

Ein „Medical Health Care College" bildet in diesen Räumlichkeiten Mädchen und Jungen zu Krankenschwestern, Pflegern und Laborassistenten aus.

Weitere Hilfe, um dieses College mit dringend notwendigen Lehrmaterialien auszustatten, wird noch benötigt. Erst vor kurzem haben wir durch „International Children Help e.V." Doppelstock-Metallbetten für das Bording-Haus erhalten. Unser gemeinsames Engagement trägt Früchte.

Vor Jahren wurde ich von diesem Kinderhilfswerk zum Botschafter ernannt und kümmere mich auch in diesem Rahmen um Ghana.

Dass Brücken verbinden, ist eine alte Weisheit. Ich verbinde mit den Brücken, die wir in Hohoe über den Fluss Dayi gebaut haben, auch tiefe Freundschaften zu den Sponsoren, die ich, wie schon beschrieben, nach dem Motto „Jeder kennt jemand, der jemanden kennt ..." getroffen habe. So gelangte ich an die Firma „Schmitt-Zählerablesungen", für die es eine Herzensangelegenheit war, Kindern zu helfen. Sie konnten die Fotos von kleinen Kindern nicht ertragen, die alltäglich durch das Wasser waten, um die Schule zu erreichen.

Und dann traf ich Karin Tag, als Gründerin des „Council of World Elders". Bei ihr und ihrem Bestreben steht die Bewahrung des Weltfriedens, Umweltschutz und speziell der Schutz von Kulturen, an vorderster Stelle.

Auf gute langjährige Freunde, die uns schon bei vielen anderen Projekten, ob Bildung, medizinische Behandlungen, Transportkosten, egal was auch immer, geholfen haben, konnten wir bei der Planung einer weiteren großen Brücke zählen. Auch hier haben wir, wie bei anderen Baumaßnahmen, die Namen all unserer Gönner, darunter auch wieder den Verein „International Children Help e.V." auf einer Tafel verewigt, wie auch Joachim Damm und Herbert und Hilde Holler, die gemeinsam eine der Schultüren schmücken.

An dieser Stelle möchte ich dem Künstler James Karfui ein dickes Lob aussprechen. Er ist immer zur Stelle, wenn ich ihn brauche. Es macht Freude ihm zuzusehen, wie er mit seinen Händen wahre Kunstwerke formt – nur aus Zement. Ihm haben wir die kunstvollen Sponsorentafeln, an den Schulen, Brunnen, Brücken und auch an dem neu erbauten Frauengefängnis zu verdanken

Wie bei unserem ersten Brückenprojekt, das wir schon Jahre zuvor realisiert hatten, fehlen den Menschen in vielen Dörfern rund um Hohoe sichere Übergänge zu den gegenüberliegenden Flussufern. Meistens bestehen diese Behelfsbrücken nur aus wackligen Baumstämmen oder Bambus. Nach Überflutungen in der Regenzeit begeben sich die Menschen, ob Kinder, Frauen oder Männer, in Lebensgefahr. Wenn gar keine Brücke existiert, sind alle gezwungen, sehr weite Umwege bis zu einer seichten Stelle in Kauf zu nehmen. Auch das kann gefährlich sein, einfach so durchs unsichere Wasser zu waten, mit Lasten auf dem Kopf, Kleinkinder auf dem Rücken, Schulbüchern in der Hand.

Kinderhilfswerk
ICH Inter-NATIONAL Children Help ® e.V.

To honour his work for our organization and in
appreciation of his social engagement

**Togbui Ngoryifia Kosi Olatidoye Céphas Bansah
König von Hohoe Gbi Traditional Ghana.**

has been nominated as

Ambassador

of the ICH - International children help e.V.

Stadthagen, 12.06.2009

Dr. e.h. Dieter F. Kindermann
- Präsident -

Prof. Dr. Dr. med. Mathias Löhnert
- Vizepräsident -

118

Auf dem Weg zur Brücken-
baustelle. Die Menschen fol-
gen König Bansah gern

Die Voodoo-Zeremonie beginnt

Die Andreas-Schmitt-
Brücke während des Baus

119

Monument aus Zement an der „Karin-Tag-Brücke"

Die größte Brücke mit Baugerüst und ein von den Arbeitern gefertigtes Bauschild.
Links: Emmanuel Bansah, Bauleiter.
Mitte: Contracor,
rechts: Hon. Fridolin Bansah, Stellvertreter des Königs

Einweihungsfeier für die große Brücke ...

... mit 100 Meter langer Deutschlandfahne

Dr. Dieter Kindermann, Präsident des Kinderhilfswerkes
International Children Help e.V. wird geehrt ...

... und in einer Sänfte zur Brücke getragen

122

Dr. Kindermann und König Bansah vor der Sponsorenwand aus Zement

König Bansah ließ die Geländer der Brücke
Schwarz-Rot-Gold streichen

Die Brücke wird täglich
von Hunderten von Menschen genutzt

Treffpunkt Brücke

Der Farmer bedankt sich bei König Bansah für die Brücke

Oben; Der Künstler James Karfui bei der Arbeit.
Links: Die aus Zement geformte fertige Tafel mit den Namen aller Sponsoren

Die Uferböschung hoch und runter und durch
das Wasser. Ohne Brücke ist das Leben hart

Auf den Bambusbrücken muss man sich
vorsichtig fortbewegen. Schritt für Schritt ...

... aber besser als durch das Wasser waten

Nach und nach konnten die drei genannten Brücken über den Fluss gespannt werden. Nun können die Bewohner der anliegenden Dörfer endlich ohne Gefahr, und ohne ständig nass und schmutzig zu werden, ihre Schulen, Märkte, Farmen und Häuser trockenen Fußes erreichen.

Wir hoffen sehr, in den nächsten Jahren für andere Dörfer ebenfalls stabile Brücken bauen zu können. Der Bedarf ist auf jeden Fall da.

Wer möchte schon täglich über wackelige Brücken aus frisch geschlagenem Bambus laufen, mit dem Kind auf dem Rücken und schweren Lasten auf dem Kopf?

Bei unserem Besuch in Ghana im Februar 2017, wir kümmerten uns um den Bau unserer Schulen, lud uns der „Divisional Commander" des Police Headquarters in Hohoe zu einem besonderen Gespräch ein. Er wertschätzte schon lange unsere humanitären Projekte, wusste bestens Bescheid, und so war seine Hoffnung groß, dass wir Abhilfe schaffen, und ihm bei einem Problem, das ihn seit langer Zeit umtrieb, helfen könnten.

Die Polizei in Hohoe ist als Hauptquartier für ein weites Einzugsgebiet zuständig und verfügte, noch aus den 1960er Jahren stammend, über eine einzige Gefängniszelle. Darin wurden Männer, Frauen und Jugendliche ohne Trennung untergebracht. Wir schauten uns die Zelle an, ein dunkler, enger und übelriechender Raum ohne Frischluftzufuhr. Zwei Frauen kauerten in einer Ecke des engen Raumes, deutlich bemüht, einen möglichst großen Abstand zu den männlichen Insassen zu halten. In der Nacht, so der Commander, sei es am schlimmsten. Die Wachleute können nicht verhindern, dass den weiblichen Gefangenen Gewalt angetan wird.

So wurden sie in der Nacht aus der Gemeinschaftszelle geholt und im Wachraum der Polzisten, auf einer Bank sitzend, mit Hand- und Fußschellen gesichert.

Dieses Szenario schauten wir uns um Mitternacht an. Schlimmste Zustände.

Wir wollten dieses Projekt nicht annehmen, weil wir durch den Schulbau unsere finanziellen und logistischen Kapazitäten ausgeschöpft hatten.

Aber die Bilder der Frauen und der überfüllten Gefängniszelle hatten sich in unsere Köpfe gebrannt.

Wieder in Europa versuchten wir Mitstreiter für dieses Projekt zu finden. Bei jedem Auftritt berichteten wir von der Notwendigkeit, für Frauen und Jugendliche eigene Gefängniszellen zu bauen. Das Verständnis war sehr groß, die Bereitschaft dafür zu spenden umso geringer.

Für Kinder, Bildung, Kranke gelingt uns meist eine Finanzierung, für eingesperrte Frauen und Jugendliche wollte man nicht spenden. Dann begegnete unsere Freundin, Marianne Dörrsam, bei einer Veranstaltung einer älteren Dame, von der sie wusste, dass sie sich seit Jahrzehnten in der Gefangenenbetreuung in deutschen Justizvollzugsanstalten engagiert. Und ihr erzählte sie von unserer Notlage.

Wir trafen uns mehrere Male mit Sonja Müller, und sie war tatsächlich bereit, uns bei der Finanzierung zu helfen.

Alleine konnte sie das Projekt natürlich nicht stemmen. So stellte sie wiederum den Kontakt zu einem Bekannten her, der, so ihre feste Überzeugung, sich dafür gewinnen ließe.

Dieser Gönner hatte die Idee, den Verkaufserlös eines Videos, das er zusammen mit den Bewohnern seines Heimatdorfes Heiligkreuzsteinach über genau dieses gedreht hatte, in das Gefängnisprojekt einzubringen. Ich weiß nicht wie es ihm gelingen konnte, die Bürgermeisterin und die Gemeindemitglieder dafür zu begeistern. Aber er schaffte es und lud uns zu der Premierenvorstellung seines Filmes ein. Wir durften bei dieser Gelegenheit unser Projekt vorstellen.

Der DVD-Verkauf startete, und der eine oder andere Zuschauer warf noch einen zusätzlichen Schein in die Kasse.

Durch Sonja Müller und das Engagement von Alexander Kohl, sowie den Bewohnern von Heiligkreuzsteinach, bekamen wir immerhin 30 Prozent der Baukosten zusammen. Den Rest finanzierten wir selbst. Im Februar 2018 konnten wir das neue Gebäude mit drei Gefängniszellen, gefliest, mit jeweils eigener Toilette und Dusche, Sitzbänken und sogar Betten aus der Spende von „International Children Help" in einer Feierstunde der Polizei übergeben.

Leser in Westeuropa wundern sich vielleicht, warum wir eine solche Minimalausstattung wie Fliesen, Toilette, Dusche, Sitzbank und Bett überhaupt erwähnen. Aber in Ghana ist so etwas sehr ungewöhnlich, und absolut kein Standard.

Festakt zur Gefängniseinweihung:
1. Reihe von links: Horst Wörner, König Bansah, Königin Bansah,
Stefan Rochow, Hon. Fridolin Bansah

Großes Gedränge bei der Enthüllung der Gedenktafel
am Gefängnisneubaus

Gruppenfoto mit den ranghöchsten Polizeiinspektoren und unseren
Begleitern aus Deutschland, Stefan Rochow, links und Horst Wörner, rechts

Die Gedenktafel für das Gefängnis

Die Deutschlandfahnen und die Ghanaflagge zieren das Gefängnisgebäude

Wieviel tausend Säcke Zement, Fuhren mit Sand, wieviel unzählige Steine, Metall, Holz, usw. wir im Lauf der Jahre für unser Schulgebäude, Brücken, Gefängniszellen verbaut haben, weiß ich nicht. Ich weiß nur, dass diese Bauten zum Wohle der Allgemeinheit über viele Generationen helfen werden. Ein herzliches Dankeschön an alle meine deutschen Freunde und Sponsoren, die dieses ermöglicht haben.

Neben den beschriebenen Projekten, die meist vielen Menschen zugute kommen, versuchen wir auch immer wieder Einzelfallhilfen zu gewähren.

Deutsche Familien übernehmen Patenschaften für Halbwaisen und ermöglichen es diesen Kindern, weiterführende Schulen zu besuchen. Zwei junge Männer, unterdessen um die 20 Jahre, konnten so sogar ein Studium aufnehmen.

Die Finanzierung der Bildung stellt für viele Eltern eine große Herausforderung dar. Solange sie gesund sind und täglich arbeiten können, finden sich Lösungen. Wenn aber gravierende eigene Gesundheitsprobleme auftreten, oder ein Elternteil ausfällt oder die Kinder ernsthaft erkranken, wissen viele Familien nicht mehr, wie sie Medizin, Arztbesuche, Krankenhausaufenthalte überhaupt bezahlen können.

Die Bürger reicher Staaten nehmen vieles als selbstverständlich hin: Kostenlose öffentliche Schulen, Gesundheitsfürsorge und Sozialversicherung, vom Neugeborenen bis zum Senior, ein gut ausgebautes Straßennetz, Strom-und Wasserversorgung, Telekommunikation.

Und wenn der eine oder andere mit dieser oder jener Dienstleistung, durch eigene Steuern finanziert, nicht zufrieden ist, folgt eine lebhafte Debatte, und bei den turnusmäßigen freien Wahlen können die Betroffenen Einfluss nehmen.

Dies ist so normal, dass man nicht darüber reden muss, zumindest für diejenigen, die in reichen Ländern mit demokratischen

Regierungen leben. Auf den größten Teil der Weltbevölkerung trifft dies jedoch nicht zu.

In weiten Teilen unserer Erde, darunter in vielen afrikanischen und asiatischen Staaten, sind die Regierungen nicht in der Lage Steuern in ausreichendem Maß zu erheben, um entsprechende Dienstleistungen zu erbringen.

So sterben leider auch in Ghana Kinder, weil sie am falschen Ort geboren wurden. Sie sterben nicht an unheilbaren oder seltenen Krankheiten. Sie sterben an den Kinderkrankheiten, die überall auftreten, und meist schon seit einem Jahrhundert heilbar sind. Sie sterben, weil die für Mutter und Kind bezahlbare Gesundheitsvorsorge fehlt und ebenso die dringende Behandlung.

Hier versuchen wir mit unseren bescheidenen Mitteln auch einzelnen Familien zu helfen. Es gelingt leider nicht immer.

Lassen Sie mich diese kleine Geschichte erzählen, die mir, seitdem sie passiert ist, nie mehr aus dem Kopf gegangen ist. Eine Mutter aus Hohoe rief mich an, verzweifelt, keiner leihe ihr das Geld, das sie dringend benötige. Ihr Sohn erkrankte an einer Blinddarmentzündung und müsse operiert werden.

Ich schraubte gerade in meiner Werkstatt an einem Fahrzeug, konnte meine Arbeit nicht unterbrechen, da der Kunde neben mir stand und wartete. So konnte ich erst einige Stunden später zu einer Bank gehen, um der Mutter das Geld durch eine Blitzüberweisung zukommen zu lassen.

Am nächsten Morgen rief mich die Mutter erneut an. Die OP kam zu spät. Ihr Junge, 12 Jahr alt, musste sterben, weil ein bisschen Geld fehlte.

Wenn jemand erklärt, „Geld sei nicht so wichtig", widerspreche ich immer vehement. Geld ist nun einmal Nummer eins, und Nummer zwei und Nummer drei im Leben.

Vor der Autowerkstatt in Ludwigshafen – ein Rettungswagen
und ein Container voller Hilfsgüter für den Einsatz in Ghana

König Bansah bringt einem Patienten einen Rollstuhl

Die Ärzte stellen sich den Patienten vor.
Der Wartebereich des Krankenhauses in Hohoe ist gut gefüllt

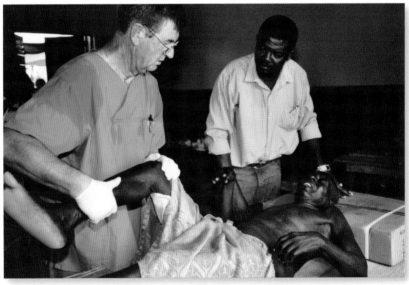

Dr. Gottwald mit einem Patienten
und Togbe Osei aus Godenu als Assistent und Dolmetscher

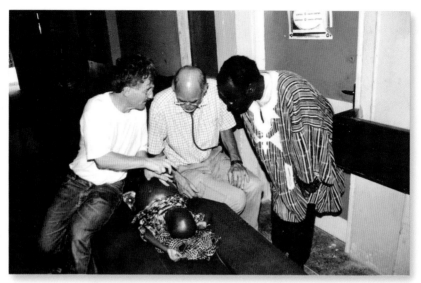

Dr. Klee, Prof. Dr. Jung und König Bansah ...

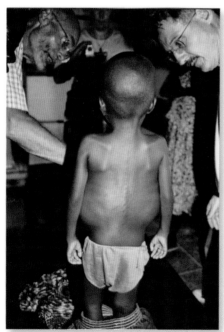

... bei der Erstuntersuchung
des kleinen Jungen

Dr. Dielmann verabreicht den Senioren in Kokofu Medikamente

Mitte: Dr. Dielmann, behandelt einen Patienten.
Links: Hon. Fridolin Bansah dolmetscht von Ewe ins Englische

Dr. Klee setzt Spritzen ...

und Gertrud Rittmann-Fischer beschafft Medikamentenvorräte
aus unserem Rettungswagen

Auch Joachim Damm
packt kräftig mit an

Feierabend –
Ehepaar Gottwald flüchtet nach acht Stunden
Arbeit aus dem Fenster. Das Wartezimmer ist
noch voller Patienten

Vor einigen Jahren reisten wir mit einem Ärzteteam aus Deutschland in die Central Region nach Kokofu und in die Voltaregion nach Hohoe. Dort untersuchten die Mediziner Hunderte von Patienten und teilten die in einem Container mitgebrachten Hilfsmittel aus. In Schulen und „Health Care Centern" fanden diese Behandlungen statt. Vielen Patienten konnte geholfen werden. Viele Krankheitsbilder aber kannten die Mediziner nur aus ihren Lehrbüchern. Patienten mit Elephantiasis beispielsweise hatten sie vorher noch nie gesehen. Das Foto dazu möchte ich nicht veröffentlichen, es ist zu grausam.

Es stellten sich Patienten mit Krankheiten vor, gegen die unsere Mediziner nichts zu unternehmen wussten. An einen kleinen Patienten aus Hohoe erinnern wir uns besonders gut. Es war ein eineinhalbjähriger Junge, der von seiner Mutter hereingetragen wurde, aber nicht wie üblich auf dem Rücken, sie trug ihn auf ihren Händen. Der Kleine hatte einen riesigen Bauch, wie aufgeblasen. Erste Diagnosen wurden gewagt, aber ohne geeignete Geräte war eine sichere Diagnose nicht möglich. Ich habe dieser armen Mutter, die ihre ganze Hoffnung in das Ärzteteam, das mit König Bansah angereist war, gelegt hatte, auf die Hand versprochen, mich persönlich um den Kleinen zu kümmern.

Zurück in Deutschland berichtete ich auf jeder Veranstaltung, bei jedem Interview von diesem kranken Kind. Nach und nach bekamen wir Geld, transferierten es nach Ghana. Meine Familie brachte Mutter und Kind nach Accra, in das „Korle Bu Teaching Hospital", das damals als das beste galt. Dort wurde eine sichere Diagnose gestellt: Der Kleine litt unter einer angeborenen Darmerkrankung, „Morbus Hirschsprung", genannt. Laienhaft ausgedrückt, ein krankes Stück Darm verhindert den Transport des Kotes. Das erklärte, warum das Kind nach Berichten der Mutter keinen Stuhlgang hatte.

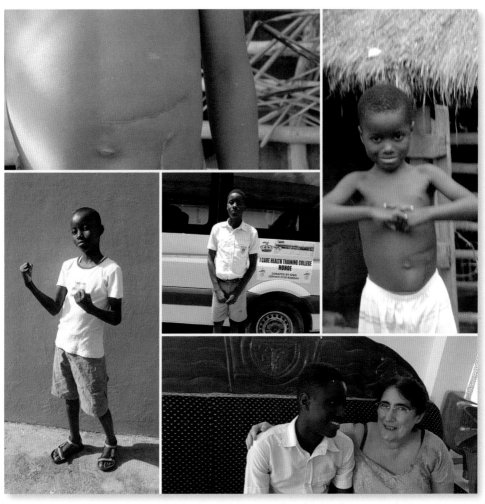

Aus dem kranken Jungen wurde ein gesunder glücklicher Jugendlicher

Mit dem Wissen dieser Diagnose organisierten wir weitere Veranstaltungen im ganzen Bundesgebiet, um Geld für die Operation, Krankenhausaufenthalt, Medikamente usw. zu sammeln. Glücklicherweise konnten die Fachärzte in Accra die OP durchführen. Es war eine schwere Operation, und dadurch, dass das Kind schon so geschwächt war – es konnte viele Monate nicht richtig essen – auch riskant.

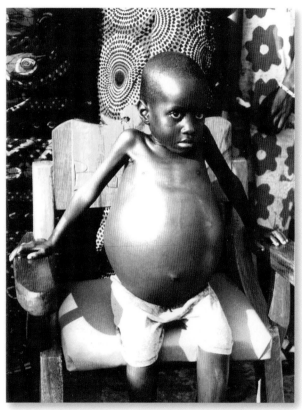

Das Kind leidet an einer angeborenen Darmerkrankung

Aber es war seine einzige Chance zu überleben. Und der Kleine wollte nicht sterben, kämpfte um sein Überleben. Über ein Jahr musste der kleine John mit einem künstlichen Darmausgang und Stomabeutel leben. In dieser Zeit brachten wir Mutter und Kind regelmäßig in die Klinik nach Accra zu Kontrolluntersuchungen, Versorgung mit Antibiotika und Wechseln der Stomabeutel.

Heute ist dieser Junge kerngesund, nur die Narbe auf seinem Bauch erinnert an seine schwere Erkrankung. Wenn wir in Hohoe sind, besucht er uns regelmäßig. Er ist unterdessen in einem Alter, in dem er reflektieren kann, dass er es ohne die Hilfe aus Deutschland bestimmt nicht geschafft hätte. Danke Deutschland!

Voller Freude darüber, dass aus ihm ein gesunder Teenager geworden ist, veröffentlichten wir einige Fotos von ihm, und prompt schickte uns eine Frau aus Ghana Fotos eines Kindes mit einem ebenso riesigen Bauch. 2

Zu dieser Zeit, es war im Juni, erreichte uns gerade die Einladung eines Geschäftsmannes. Wir sagten ihm, das Honorar wollten wir für das Kind verwenden, und er entschied spontan den Erlös aus seiner geplanten Veranstaltung, ebenfalls dafür zu spenden.

Wir baten unsere Familie in Hohoe sich um das Kind zu kümmern. Das Mädchen wohnte weit weg von uns, und die Familie hatte nicht einmal das Geld für die Busfahrt. So ließen wir sie zusammen mit ihrem Vater abholen und stellten die Kleine in mehreren Krankenhäusern vor, bis in Kumasi in der Kinderkardiologie die sichere Diagnose feststand: Sie hatte Wasser im Bauch, Ursache war ein angeborener Herzfehler.

Die Eltern hatten ihre Tochter zum ersten Mal überhaupt in einem Krankenhaus zu einer wirklich gründlichen Untersuchung mit Sonografie und EKG. Das Ärzteteam kümmerte sich liebevoll und kompetent um unseren Schützling, und so kam sie in den folgenden sechs Monaten immer wieder für fünf Tage in die Klink, um ihrem Körper das Wasser zu entziehen. Von Mal zu Mal sah man, wie ihr Bauchumfang schrumpfte.

Der Vater begleitete seine Tochter jedes Mal, während die Mutter bei den anderen Kindern zu Haus blieb. Für diese bitterarme Familie war das alles nicht einfach, aber sie wurden hinterher durch ein glückliches, gesundes Kind belohnt.

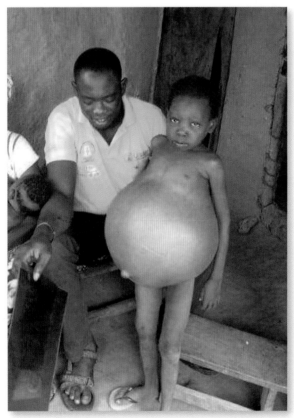

Yawa leidet an einem angeborenen Herzfehler

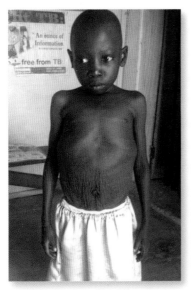

Yawa nach vielen Monaten
intensiver Behandlung.

... mit dem Chefarzt

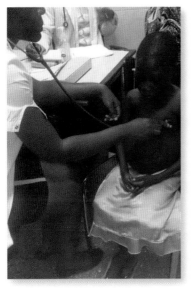

... mit der Kardiologin

... mit unserem Freund Tsorme
Adzesi, der Yawa ständig betreute

Und dass dies gelingen konnte, wurde maßgeblich durch die Firma Rolli Metallverarbeitung in Speyer und das Restaurant Asia Paradies in Mannheim ermöglicht.

Nach dem wir merkten, wir können die laufenden Kosten für Krankenhausaufenthalt, Medikamente und Betreuung nicht mehr allein mit der ersten Spende bezahlen, organisierten die Besitzer des Restaurants, zusammen mit der Royal Society, eine Benefizveranstaltung in ihren Räumen zugunsten des kranken Mädchens.

Wir hoffen, dass die Kleine keine Operation benötigt und Medikamente ausreichen. Ihre geschädigte Niere und Leber soll sich mit der Zeit auch wieder erholten. Die Ärzte sind guter Dinge, dass der verformte Oberkörper und die Rippen, die sich jahrelang an den riesigen Bauch anpassen mussten, wieder zurückentwickeln.

Dieses Kind musste zehn Jahre ihres jungen Lebens leiden, weil die Familie zu arm war, ihrem Kind diese Behandlung zu ermöglichen. Sie haben nicht einmal das nötige Geld, um die einfachste Krankenversicherung zu bezahlen, die aber diesen Fall leider auch nicht abgedeckt hätte.

Wir kennen noch längere Leidenszeiten. Eine Frau, Anfang 50, litt seit 39 Jahren an einem Kropf, der ihr von Jahr zu Jahr mehr Beschwerden bereitete. Sie bat uns inständig um Hilfe. Ein Freund, der gerade mit uns in Hohoe war, wollte bei seinen Arbeitskollegen sammeln. So bekamen wir von Hartmut die ersten 300 Euro für eine Aufnahmeuntersuchung. Wir legten noch einige Tausend Euro drauf, und die Frau konnte erfolgreich in Hohoe operiert, behandelt und betreut werden.

Ich muss an dieser Stelle meinen Brüdern Fridolin und Emmanuel, und meinem Freund Tsorme, den jeder nur als „Father" kennt, für die Betreuung all unser Patienten und die Kontrolle der Baumaßnahmen danken. Ohne diese Begleitung wäre es für uns sehr schwierig, von Deutschland aus die Vorhaben zu steuern. Wir müssten noch häufiger als wir es sowieso schon tun, nach Hohoe reisen. Und dann bliebe nicht ausreichend Zeit für unsere Aktivitäten und Veranstaltungen in Deutschland.

Zurück zu der Frau mit dem Kropf. Nach der erfolgreichen Operation, sie muss nur noch täglich Medikamente einnehmen, hatte sie sich positiv verändert, hatte an Selbstbewusstsein dazugewonnen und tritt in der Öffentlichkeit nicht mehr verschüchtert auf. Diese Wesensveränderung zum Guten hat uns gefallen. Vergessen waren unsere Ängste, es könnte etwas bei der OP schiefgehen. Wir hätten uns schuldig gefühlt, weil wir ihr diese Behandlung erst ermöglicht haben.

Vor der Behandlung   Nach der Operation

Auch Königin Gabriele freut sich mit
der Patientin über den Behandlungserfolg

Vor einigen Monaten bat mich der Bewohner eines kleinen abgelegenen Dorfes um Hilfe. In seinem Ort gibt es keinen Brunnen und der River Dayi ist auch zu weit weg. So müssen die Bewohner das täglich benötigte Wasser aus einem Erdloch entnehmen, schmutzig, mit Bakterien, Parasiten, Würmern, Larven und Froschlaich verunreinigt. In Folge dessen leiden die Menschen dort unter Wurmerkrankungen, Durchfallerkrankungen Typhoid Fieber, oder Cholera – da es auch keine Toiletten oder ein geeignetes Abwassersystem gibt.

Täglich laufen Kinder und Eltern mit Eimern, Schüsseln und Kanistern zu diesem Erdloch und schöpfen das verunreinigte Wasser. Der Heimweg mit den schweren Behältern ist weit.

Wenn ich solche Fotos betrachte, denke ich, die Zeit ist stehen geblieben. Solang ich denken kann, habe ich solche Wasserstellen gesehen. Auch wenn bereits in vielen Gebieten einfache Ziehbrunnen und Brunnen mit Schwengelpumpen das Wasser aus der Tiefe fördern oder Wasserleitungen installiert wurden: Es gibt noch immer abgelegene und vergessene Dörfer, ohne eigene Wasserversorgung.

Vor einigen Jahren haben wir vom Lions Club Zell am Hamersbach, im Rahmen einer Veranstaltung, einen mobilen Wasseraufbereitungsbehälter gespendet bekommen. Mit Hilfe dieses PAUL-Wasserrucksackes, PAUL steht für „Portable Aqua Unit For Lifesaving" können einige tausend Liter gutes Trinkwasser aufbereitet werden. Der Behälter kam schon mehrmals nach Hochwasser zum Einsatz. Für das beschriebene Dorf benötigen wir aber eine Dauerlösung: Einen eigenen Brunnen im Dorf und möglichst auch eine Toilettenanlage.

Ich möchte dort keine Würmer mehr in den Augäpfeln der Menschen kriechen sehen, oder unter der dünnen Haut an deren Handgelenken. Das ist zu schlimm.

Die Kinder bitten um Hilfe für einen eigenen Brunnen

Frauen und Kinder holen an der schmutzigen Wasserstelle
das täglich benötigte Trinkwasser

Der Heimweg mit dem Wasser auf dem Kopf ist lang

Die Dorfbewohner, alles Kleinstbauern, haben kein Geld um den Brunnen selbst zu bohren, sie haben nicht einmal das Geld, um das Wasser aus den Tankwagen der Regierung zu kaufen.

Aber nicht nur durch die beschriebenen Hilfsprojekte können wir helfen, auch durch Vermittlung und Kontakte ganz anderer Art. Deutsche Geschäftsleute möchten im Land investieren, ihre Produkte durch nach deutschem Standard geschultem ghanaischem Personal in Ghana herstellen und dort vermarkten und zum Einsatz bringen. Zum Beispiel in der Landwirtschaft um die immensen Ernteverluste durch veraltete Methoden zur Trocknung, Mahlen, Mischen, Fermentierung, Lagerung, Verpackung und Transport zu vermeiden. Vor einiger Zeit habe ich den Inhaber der Firma RIE-LA Landmaschinentechnik, Herrn Knoop kennengelernt, der sich bereits in vielen afrikanischen Ländern engagiert und seine Anlagen auch dort für die lokalen Märkte produziert.

Eine neue Krone

„Nein, ich stamme nicht aus Trittenheim. Ich bin auch keine Winzertochter. Mit Weinbau habe ich nichts zu tun." So und so ähnlich lauteten die Antworten meiner Frau auf die verwunderten Fragen, warum ich, König Bansah, Weinkönig in Trittenheim an der Mosel wurde.

Wenn Sie das interessiert: Hier ist die Geschichte, wie ein König aus Ghana Weinkönig in Deutschland wurde.

Es war im Jahr 1999. Im Frühjahr organisierte mein Freund Jürgen ein Benefiz-Fußballspiel. Der Erlös war für Kinder aus den Jugoslawien-Kriegen, die seit 1991 viel Leid brachten. Das Spiel fand in Neustadt an der Weinstraße statt. Ein anderer Freund, Karl-Heinz, stellte sein Cabrio zu Verfügung, damit ich zusammen mit der Neustadter Weinkönigin auf den Platz und dann einige Runden um das Spielfeld fahren konnte. So begrüßten wir die Zuschauer, Sponsoren und vor allem die Spieler beider Mannschaften.

Nachdem ich den offiziellen Anstoß vollzogen hatte, konnte das Spiel der Traditionself des 1. FC Kaiserslautern, Spielführer war Horst Eckel, gegen Altherrenmannschaften aus der Region starten. In der ersten Halbzeit wurde ich in die eine Mannschaft eingewechselt, in der zweiten spielte ich im gegnerischen Team.

Jedes Spiel braucht einen guten Kommentator, der die Mannschaften vorstellt, die Spielzüge kommentiert und die Zuschauer unterhält. Mein Freund Udo Scholz, bekannt als Stadionsprecher verschiedener Vereine, heute ist er Stadionsprecher bei den Mannheimer Adlern, war an diesem Tag verhindert. Aber ein Mann aus Trittenheim, der die Spiele der Traditionself oft moderierte, kommentierte nun unser Fußballspiel voller Leidenschaft.

Nach dem Spiel, ich hielt eine Autogrammstunde ab, kam dieser Herr auf mich zu, er habe etwas mit mir vor, er hätte so eine Idee. Ich solle Weinkönig in Trittenheim werden, darüber wollte er mit mir reden. Ich hatte für ihn eigentlich keine Zeit, denn ich war umringt von Menschen, die darauf warteten, dass ich ihnen eine Widmung in mein damaliges Buch „Majestät im Blauen Anton" schrieb.

Aber er blieb hartnäckig, und so sagte ich, ja, kein Problem, er könne mich anrufen. Ich war ihn erst einmal los und konnte mich wieder um meine Arbeit kümmern. Die Leute wollten meine Unterschrift in den Büchern und ein Foto mit mir. Das war mir wichtiger, ich wollte niemand zu lange warten lassen.

Aber meine Gedanken kreisten um ihn und seinem Anliegen. Ein Weinkönig, das gibt es doch gar nicht, ich kenne nur Weinköniginnen. Ich lebe ja schon viele Jahre in der Pfalz und habe durch meine Arbeit als Landmaschinenmeister oft genug auf Höfen gearbeitet, deren Töchter dieses traditionelle Ehrenamt einer Weinkönigin ausübten. An vielen Veranstaltungen war ich Ehrengast anlässlich der Krönung lokaler Weinköniginnen. Es waren immer hübsche junge Frauen.

Und ich hatte bei meinen Auftritten neben Weinköniginnen auch Rosenköniginnen, Spargelköniginnen, Apfelköniginnen und Kartoffelköniginnen gekrönt.

Ein Mann, und dann noch so schwarz wie ich. Ich habe es ehrlich nicht verstanden.

Montags darauf, ich hantierte in meiner Werkstatt und stand gerade unter der Hebebühne, rief mich der Kommentator des Fußballspiels an. Hans-Karl Bechtel, Mitglied im Festkomitee der Ortsgemeinde Trittenheim, hatte sich unterdessen mit dem Bürgermeister und anderen Mitgliedern über seine Idee verständigen können.

Die designierte Weinkönigin konnte dieses Amt nicht annehmen, die amtierende Weinkönigin wollte auch nicht ein weiteres Jahr diese Aufgabe übernehmen. Die berufliche Laufbahn der jungen Frauen ließ sich mit der zeitaufwändigen Marketing-Aufgabe als Weinkönigin nicht mehr vereinbaren.

Mein Auftritt in Neustadt, zusammen mit der Weinkönigin, und die positive Reaktion der Zuschauer lieferte ihm die spontane Idee, mich zum „Weinkönig" von Trittenheim küren zu wollen.

In mehreren Briefen und Telefonaten legten wir den Ablauf der Krönung und des Weinfestes St. Laurentius am 07. August 1999 fest. Im Juli informierten die Trittenheimer die Presse. Und von da an wurde mir bewusst, dass es nicht ein einmaliger Auftritt, sondern ein denkwürdiger Tag für Trittenheim werden würde. Auch für mich eine Zeitenwende.

Journalisten von Printmedien und TV-Gesellschaften besuchten mich der Reihe nach in meinem Haus und in meiner Werkstatt.

Wir wurden Samstagvormittag in Trittenheim erwartet. Unser Auto war schon geladen, ein letzter Anruf erreichte uns.

Meine Frau nahm das Telefongespräch entgegen, es war die Ehefrau meines Chefs Ottmar Schweitzer. Die erschütternde Nachricht – er war in der Nacht verstorben, mit fast 88 Jahren.

Meine Frau sagte mir nichts davon, sie wusste, dass ich sonst nicht gefahren wäre, sondern umgehend „meine" Familie Schweitzer aufgesucht hätte. So wie es Tradition in Ghana ist. So aber entschuldigte sie mich bei der Familie. Erst am Montagabend, nach turbulenten Tagen in Trittenheim und in Berlin, war der passende Moment gekommen, mir vom Tod meines geliebten Ziehvaters zu berichten. Ihre Entscheidung war klug, ich wäre zusammengebrochen und hätte die Krönungszeremonie zum Weinkönig nicht mit dieser unbeschwerten Fröhlichkeit durchgestanden.

Der Krönungstag zum Weinkönig in Trittenheim und das Weinfest gestalteten sich gigantisch. Schon einige Kilometer vor dem Ortsschild Trittenheim wurde ich auf einem großen Plakat begrüßt. Der erste Presseempfang fand gleich in unserem Gästehaus statt. Es blieb kaum Zeit unsere Gastgeber und die Winzer zu begrüßen. In vollem königlichen Ornat, als König von Hohoe, stand ich der Presse zur Verfügung und besuchte dann den einen oder anderen Winzer – mit Kamerateams und Pressevertretern im dichten Gefolge.

Am späten Nachmittag begannen die eigentlichen Vorbereitungen für das abendliche Fest. Das ganze Dorf war geschmückt, alle Anwohner und Feriengäste waren präsent, als wir die amtierende Weinkönigin mit ihren Prinzessinnen von ihrem elterlichen Weingut abholten, einen Abstecher zu einem Fotoshooting in den Weinbergen machten, und dann weiter durch das Dorf zum Festplatz zogen. Ich saß, genau wie damals in Neustadt an der Weinstraße, auf der Rückenlehne eines Cabrios und winkte den Zuschauern, die die Straßen säumten. Eskortiert wurden wir von den Soldaten der US Air Base Spangdahlem, die seit Jahren mit Trittenheim freundschaftlich verbunden sind.

Im übervollen Festzelt fand die Übergabezeremonie von der Weinkönigin Sylvia Weiss und die Krönung des 1. Ortsweinkönigs von Trittenheim, Seiner Majestät König Céphas Bansah von Hohoe Gbi Traditional Ghana, statt. Das Foto von der Übergabe mit den obligatorischen Küsschen zierte alle regionalen Zeitungen und fand sich auch später in einigen Magazinen wieder.

Die Krönung an sich, eine total unblutige Zeremonie, kein Vergleich zu meiner Königskrönung in Hohoe. Keine vorausgehende Quarantäne. Aber danach musste ich, so haben wir es genannt, in ein „Riesling Trainingslager". Denn wie ich ja schon zugegeben habe, vom Geschmack des Weines, der Verkostung und den spezifischen

Begriffen hatte ich keine Ahnung. Bisher war ich eher vertraut mit den Maschinen, die im Wingert zum Einsatz kamen, oder nach der Lese, beim Pressen der Trauben, das war eher mein Metier.

Für das Riesling-Trainingslager zeichnete sich Jungwinzer Bernhard Schmitt verantwortlich, in Trittenheim nur „Pane" genannt. Dank seiner Intensiv-Schulung konnte ich Journalistenfragen zur Qualität des neuen Jahrgangs beantworten, mit dem Oechsle-Messgerät den Reifegrad der Trauben feststellen, die Vorteile der Schiefersteilhänge in Trittenheim beschreiben.

„Es ist für mich eine Ehre, Weinkönig in Trittenheim zu sein. Zum einen, weil es mir gelingt, dadurch die uralte deutsche Tradition mit neuen Impulsen zu beleben. Und dann die Tatsache, dass die Trittenheimer mich dafür auserkoren haben."

In unzähligen regionalen, nationalen und internationalen Presseartikeln wurde ich so zitiert.

Bilder von mir und meiner Vorgängerin gingen um die Welt. Und das, obwohl ich unumwunden zugegeben habe, prinzipiell überhaupt keinen Alkohol zu trinken. Ich bevorzuge Milch und Fencheltee. Die lokalen TV-Sender, aber auch SWR, HR, ZDF, RTL, SAT 1, strahlten das tagsüber gedrehte Material samstags und sonntags aus. Sonntagmorgens trudelte ein Telefax des TV Senders SAT 1 beim Bürgermeister der Gemeinde ein. Wir sollten gleich am Montag beim Frühstücksfernsehen auftreten. Dazu mussten wir noch sonntags nach Berlin fliegen, die Live-Sendung begann schon um 5.30 Uhr in der Früh. Und so reiste ich zusammen mit Helmut Ludwig, unserem Bürgermeister und Bernhard Schmitt als Vertreter der Jungwinzer, nach Berlin. Die beiden erzählten mir noch Jahre danach von dieser Reise und unserem Auftritt im Berliner Studio.

Der neue Weinkönig
mit eigens modelierter Krone

Weinkönig Céphas Bansah von Trittenheim
inmitten der weiblichen Weinhoheiten aus anderen Gemeinden

Bernhard Schmitt, der Rieslingtrainer,
König Bansah und seine Vorgängerinnen beim Fotoshooting

Interview in den Weinbergen am 7. August 1999

König Bansah mit dem damaligen
rheinland-pfälzischen Ministerpräsident Kurt Beck

König Bansah überreicht Kurt Beck
„König-Bansah-Wein" von Trittenheimer Winzern

Auch wenige Wochen nach meiner Krönung zum ersten Ortswein-könig Deutschlands war das Medieninteresse ungebrochen. Und so wurde ich vom „Spiegel" bei der Weinlese begleitet und in einem Artikel porträtiert. Gottseidank war ich vorher im Riesling-Trai-ningslager und konnte die Fragen der Journalisten zu Oechsle und Süße-Gehalt des Weines fachlich korrekt beantworten und über die Qualität dieses Jahrgangs wie ein alter Winzer fachsimpeln. Das Bouquet des Weines bestimmen, ihn im großen Glas schwenken und tief mit der Nase den Duft aufnehmen, auch diese Rituale, kein Problem für mich, habe ich schnell gelernt.

In Begleitung des ZDF fuhr ich mit dem Traktor in die Mosel-Steil-hänge und mit der Kutsche durch die Straßen. Das Medieninteresse und die vielen Kamerateams waren immer auch eine Attraktion für die Bewohner und deren zahlreichen Feriengäste.

Von da an nahm ich mit meinen Weinprinzessinnen an allen Trit-tenheimer Festivitäten teil, ob Straßenfest, Fasching, Happy-Mo-sel- Fahrradtour, egal was es zu feiern gab. Und in den Nachbar-gemeinden im Weinanbaugebiert von Mosel-Saar-Ruwer war ich bekannter als der bunteste Hund. Wir reisten aber auch nach Berlin und Dresden auf große Messen, in die Niederlande und Österreich, um den Trittenheimer Wein zu promoten.

Ich nahm mein neues Amt als Weinkönig sehr ernst. An zahl-reichen Wochenenden beteiligte ich mich an den regionalen Festen im ganzen Weinanbaugebiet von Mosel und Ruwer und fuhr mit dem schön geschmückten Trittenheimer Festwagen bei den Wein-fest-Umzügen mit. So auch bei dem großen „Weinfest der Mittel-mosel" in Bernkastel-Kues. Der Moderator des SWR kündigte un-seren Wagen mit den Worten „Und jetzt kommt der Höhepunkt" an. Es war auch für mich ein Höhepunkt. Begleitet wurde ich auf dem Festwagen von einigen Winzern und meinen bezaubernden Weinprinzessinnen, einigen Kindern der Trittenheimer Winzertanzgruppe. Wir waren ein richtig gutes Team – nur tranken wir keinen Wein, stattdessen den guten Saft aus Trittenheimer Trauben in großen Gläsern. Aber dennoch, wir waren die besten Werbebotschafter für die Weine der Lagen „Trittenheimer Apotheke" und „Trittenheimer Altärchen" seit langem.

Durch meinen, dank der Presseberichterstattung erreichten Bekanntheitsgrad, wurden wir auch zu bundesweiten Veranstaltungen und ins Ausland eingeladen. In vielen TV-Sendungen war ich mit meinen Weinprinzessinnen zu Gast. Deren anfängliche Zurückhaltung und Scheu bei Interviews wich bald der Routine.

Immer wieder musste ich erzählen, wie ich zu diesem Amt gelangte. Wir waren im „Fröhlichen Weinberg" beim SWR zu Gast. Dort kochte ich mit Johann Lafer Trittenheimer Weinsoße nach einem Rezept von Panes Mutter, und lernte wiederum Künstler kennen, mit denen ich ein Jahr später gemeinsam musikalisch unterwegs war. Und der SWR wählte mich schließlich in die Sendung „Rheinland Pfälzer des Jahres". Welch eine Ehre für mich.

Der erzielte Werbewert für die Trittenheimer Winzer und die Tourismusbetriebe war sehr gut und die ursprüngliche Idee von Herrn Bechtel hatte Früchte getragen. Leider ist er vor einigen Jahren verstorben. Mit dem damaligen Bürgermeister Ludwig, dem neuen Bürgermeister Bollig, und vielen Winzern und Geschäftsleuten bin ich noch heute freundschaftlich verbunden.

So gut auch alles verlaufen ist, Bürgermeister Ludwig musste sich in dieser Zeit ein sehr dickes Fell zulegen. Viele Briefe erreichten die Gemeinde mit sehr freundlichen, netten Kommentaren und Gratulationen. Es war aber auch böse, wirklich bitterböse, ihn persönlich sogar beleidigende Post darunter. Manche Schreiber konnten nicht verstehen, dass ausgerechnet ich als Schwarzer Mann auserkoren wurde, die Weinbaugemeinde und ihre Weine zu vertreten. Dabei rückte dieses Ereignis international gesehen Deutschland aus der

„fremdenfeindlichen Ecke" heraus. Weltweit berichtete die Presse sehr positiv über Deutschland, als ein Land, in dem sogar ein Afrikaner ein traditionelles deutsches Ehrenamt ausführen kann.

Noch heute, nach ca. 20 Jahren werde ich von mir fremden Leuten auf mein Jahr als Weinkönig in der Gemeinde Trittenheim an der Mosel angesprochen. So nachhaltig ist das in der Öffentlichkeit haften geblieben. Und wie viele erzählen mir, dass sie seitdem sie auf dem dortigen Campingplatz ihre Ferien verbringen, regelmäßig ihren Wein dort kaufen, oder zeigen mir als Beweis für ihre Besuche, die Quittungen von Trittenheimer Hotels und Restaurants.

In Erinnerung geblieben ist den Trittenheimer Bürgern und Tausend Gästen ein Großereignis anderer Art in ihrer Gemeinde, das weltweite Aufmerksamkeit erregte.

Das eine Jahr als Weinkönig ging rasend schnell vorbei, die Zeit war vollgepackt mit Erlebnissen, Reisen und Medienauftritten. Der Termin des nächsten Laurentius Weinfestes mit der Krönung der neuen Winzertochter – das Amt war wieder attraktiv und es gab genügend Bewerberinnen – nahte.

Meine neue Königin

Im April 2000 haben wir, Gabriele und Céphas Bansah, auf dem Standesamt in Ludwigshafen geheiratet. Es war nur ein bescheidenes Fest mit 30 Gästen. Darunter auch viele Fotografen und Kameraleute. Unser damaliger Oberbürgermeister Dr. Wolfgang Schulte, der zusammen mit dem Standesbeamten die Trauung vollzog, meinte allerdings, soviel Presse und Trubel hätte er in seinem Rathaus noch nie gesehen.

Nach der standesamtlichen Trauung.
Die erste Unterschrift mit dem Namen Bansah

163

Das frischvermählte Paar mit dem damaligen Oberbürgermeister
von Ludwigshafen, Dr. Wolfgang Schulte

Gäste und Presse im Standesamt in Ludwigshafen

Gleich am nächsten Tag flogen wir nach Ghana. Hochzeitsreise, traditionelle Heirat und Krönung meiner Frau als neue Königin – das waren unsere dicht angesetzten Programmpunkte.

In Hohoe angekommen, begann für die designierte Königin die Quarantäne. Eine Voodoo Priesterin startete mit ihren Ritualen, die die Seele reinigen, das Herz öffnen und Kraft geben sollen. Sie war es auch, die der Familie den Stuhlnamen „Amewonor" vorschlug. Das bedeutet so viel wie Eine, die vieles unternehmen und Vielen helfen soll.

Die Zeremonie dauerte drei Tage, dann durfte meine Frau die Hütte verlassen. Viel Zeit zum Ausruhen blieb ihr aber nicht. Für die Verköstigung der Gäste wurde eine Kuh geschlachtet, und meine Frau musste, so will es die Tradition, der Schlachtung und Zerlegung beiwohnen, um die Frische und Güte des Fleisches zu begutachten.

Am frühen Morgen des nächsten Tages kamen die Frauen und halfen meiner Königin beim Ankleiden des großen Webtuches, dem Kente, legten Schmuck an und malten mit Lehm und Erde Muster auf den Körper. Sie wurde dann in Begleitung der jungen und älteren Frauen und der Trägerin ihres Linguist-Stabes, ihrer Sprecherin, durch den Wald zum Festplatz geführt. Die Zeremonien der traditionellen Verheiratung begannen. Die jungen Mädchen in schöne Tücher gehüllt, tanzten für uns nach den Rhythmen der Trommeln. Die Frauen tanzten mit Geschenken auf dem Kopf direkt vor uns: Stoffballen mit den farbenfrohen Mustern, Haushaltsutensilien und Körbe voller Früchte, Plantains und Yamswurzeln.

Dann mussten wir beide ein traditionelles, von den Ältesten zubereitetes Mahl zu uns nehmen. Wir aßen mit den Händen aus einem Steingefäß und fütterten uns gegenseitig, als Symbol für ewige Verbundenheit, für Fürsorge und Vertrauen.

Damit war der erste Höhepunkt des Festes vorbei. Die Ältesten kamen nun, schüttelten uns die Hände und begrüßten vor allem die neue Frau des Königs in ihrer Gemeinschaft. Nach weiteren Musikvorführungen und Tänzen verschiedener Gruppen begannen die eigentlichen Krönungsvorbereitungen. Diesmal wurde eine Ziege geschlachtet. Meine Gabi musste dreimal das warme Blut durchschreiten, bevor sie neben mir auf dem Königsstuhl Platz nehmen durfte. Dann kam der wichtigste Augenblick – dreimal wird die neue Königin – so will es der Brauch – auf den Stuhl gesetzt, bevor die Krone ihren Kopf schmücken darf.

Nach der Quarantäne mit den Voodoo-Frauen

Dreimal durch das Blut der frisch geschlachteten Ziege laufen

Das traditionelle Hochzeitsessen ...

... je eine Portion für das Hochzeitspaar

Auf dem Weg zum Fest

Vor der Krönung muss man dreimal vom Thron aufstehen
und sich dann wieder setzten ...

... danach erfolgt die Krönung

Königin Gabriele Bansah, glücklich aber erschöpft

Königin Gabriele mit
ihren Brautmädchen

Am folgenden Tag wurden die Rituale fortgeführt. Nun ging es darum, alle wichtigen Leute in der Stadt, vor allem die Ältesten zu grüßen und darum zu bitten, als Tochter aufgenommen zu werden. Und als brave Tochter und Mitglied der Gemeinschaft versorgt man sich gegenseitig. So bestand diese Aufgabe darin, frisches Wasser zu holen und den Menschen zu übergeben. Die Aufgabe war aber nicht so einfach wie es sich anhört, es war kein Mineralwasser in Flaschen oder Wasser aus dem Wasserhahn gefragt. Flusswasser sollte es sein, ganz traditionell mit Kalebassen geschöpft und transportiert. Sie musste mit ihrem Gefolge zum Fluss Dayi laufen, die Uferböschung hinunter, reichlich Wasser holen und dann von Hof zu Hof, von Haus zu Haus laufen, die Menschen davon trinken lassen und deren Segen entgegennehmen.

Wasserholen am Fluss

171

Königin Gabriele mit ihrem Gefolge auf dem Weg vom Fluss
zurück in die Stadt Hohoe zum Wasserverteilen

Beim Verteilen des Wassers

Später besuchten wir gemeinsam den Gottesdienst in der EP-Church, der „Reverend-Seeger-Memorial-Church" in Hohoe.

Nach der Krönung als Königin, als Mama Ngoryisi von Hohoe in Gbi Traditionell Area of Ghana, erhielt sie, Gabriele Akosua Bansah, ihren Stuhlnamen Queenmother Ngoryisi Amewonor I. und die ernste Arbeit begann, offiziell nun auch verantwortlich für die Menschen in der Region, vorrangig für die Belange der Frauen und Kinder.

Was der Stuhlname Amewonor bedeutet, habe ich ja schon erklärt, aber was bedeuteten die anderen Namensbestandteile? Ngoryisi, steht „für die Erste", in meinem Namen steht die männliche Form – Ngorifiya- und bedeutet „der Erste", und Akosua ist die Bezeichnung für eine am Sonntag geborene Frau. Ich heiße Kosi, wurde auch an einem Sonntag geboren. Ich denke, Sie haben schon einmal gehört, dass in Ghana die Kinder die Bezeichnung des Wochentages, an dem sie geboren werden, als Namenszusatz erhalten.

Von daher weiß wirklich jeder in Ghana den Wochentag seiner Geburt, das genaue Datum natürlich auch.

In unserem unterdessen vertrauten Trittenheim aber wollten wir die kirchliche Trauung und ein großes Fest geben. Gab es einen besseren Tag als den Tag der Übergabe der Weinkrone an die neue Weinkönigin?

Wir planten die große Königshochzeit. In Trittenheim waren an diesem Tag mehr Gäste wie Einwohner, aber mit Hilfe vieler tüchtiger Helfer wurde es ein wundervolles Fest. Es begann am Vormittag mit einem Umzug. Brautpaar, unsere Brautmädchen, es waren die Weinprinzessinnen, die uns ein Jahr lang treu begleiteten und alle unsere Gäste liefen, manche tanzten auch den Weg von unserem Gästehaus im Lukashof zur Laurentiuskapelle hoch, oben in den steilen Weinbergen. Die rhythmischen Klänge der brasilianischen Sambagruppe und einer ghanaische Trommel-und Tanzgruppe verleiteten sie dazu.

Es war ein sehr langer Zug, der sich Kilometer durch die Straßen des Dorfes schlängelte. Eine der Attraktionen war der 110 Meter lange Brautschleier aus feinster Spitze. Annähernd 100 Kinder spannten den Schleier und liefen in diesem Zug mit. Zuschauer, es sollten um die 1000 gewesen sein, säumten den Weg und jubelten uns zu. Die Winzer servierten den Gästen des Hochzeitszuges ihre guten Tropfen „Trittenheimer Altärchen" und „Apotheke" und Winzersekt. An diesem heißen Augusttag mit Temperaturen um 38 Grad wurde allerdings Mineralwasser zum begehrtesten Getränk. Die Befürchtung meiner Frau, dass wir alle im strömenden Regen laufen werden, um klatschnass zur Trauung zu erscheinen, hatte sich zerschlagen. Die ganze Woche zuvor, bis samstags früh um 4 Uhr, schüttete es, ich aber vertraute auf Königswetter und wurde nicht enttäuscht. Oder haben mich am Ende meine Voodoo Götter erhört?

Kamerateams von diversen TV Anstalten begleiteten uns, sogar von einem über der Kapelle kreisenden Hubschrauber aus wurde gefilmt. Während der Trauungszeremonie drehte er auf Wunsch des Pfarrers aber ab. So konnten wir den Worten des Pfarrers lauschen und auch das Ja-Wort war laut und deutlich hörbar. Der Bräutigam antwortete allerdings mit „ajo", der pfälzischen Version von „ja, ich will".

Für Gänsehautgefühle sorgte an der Kapelle unser Freund George McCrae. Aus dem Stand heraus sang er für uns seinen Song „Woman, take me in your arms." Seine Stimme rollte die Weinberge herunter und wieder herauf. Weitere Künstler folgten, bevor wir uns alle auf den Weg ins große Festzelt am Moselufer aufmachten. Unterwegs bekamen wir ein schwarzes und ein weißes Lamm überreicht, und mussten, natürlich mit einer verrosteten Säge, einen Baumstamm durchsägen.

Bis in den frühen Morgen feierten wir mit den Trittenheimern, mit Familie und Freunden unsere Hochzeit.

Viele Künstler und Sänger aus unserem Freundeskreis traten in unserem riesigen Festzelt auf und bescherten uns und unseren Gästen ein unvergessliches Erlebnis. Auch „König Bansah" trat auf – zum ersten Mal präsentierte ich auf der eigenen Hochzeit das extra dafür geschriebene Liebeslied „Ein Herz aus Gold" unserem Publikum.

Hochzeitsfoto mit dem 110 Meter langem Schleier und den Brautmädchen

Das Brautpaar ist bereit. Gäste und Journalisten warten schon gespannt

Im Caprio fährt das Brautpaar mitten durch die Menschenmenge

Hochzeitsgäste und Schaulustig säumen die Moselweinstraße

Der Schleier der Braut wird von vielen Händen getragen

Hochzeitsgäste von links:
Leah McCrae und ihr Vater Georg McCrae, Miriam Paes

Das Brautpaar vor der Laurentiuskapelle hoch oben in den Weinbergen

Unter den Hochzeitsgästen im übervollen Festzelt,
die Brautmutter voller Stolz

Ein Herz aus Gold

Es muss im Spätjahr 1995 gewesen sein, ein junger Journalist kam immer wieder zu uns nach Hause, um Reportagen und Fotos für Frauenzeitschriften und Magazine zu machen. Meine Ehefrau Gabi stand im Focus der Berichterstattung. „Wie lernt man einen König kennen?" „Haben Sie gewusst, dass er König ist"? „Wollten Sie schon immer Königin werden"? „Hat der König noch andere Ehefrauen?" Diese und ähnliche Fragen wiederholten sich ständig. Um es vorweg zu sagen, ich habe nur eine einzige Ehefrau, die ich viele Jahre nach meiner ersten Ehe geheiratet habe. Die ghanaische Tradition, mehrere Frauen gleichzeitig zu beanspruchen, möchte ich nicht fortsetzten. Ich versuche meine Leute davon zu überzeugen, nur eine Ehefrau und wenige Kinder zu haben.

Wir hatten uns 1995 kennengelernt und in Homestories wurde dies gern thematisiert. Wie wir uns kennengelernt haben? Ganz einfach, wie tausende andere Paare auch, bei der Arbeit. Gabi kam eines Tages auf Empfehlung mit ihrem Opel Kadett in meine Werkstatt. Wir trafen uns also unter der Hebebühne, und nicht wie es in den Lyrics meines Liedes „Ein Herz aus Gold" heißt ... „wir trafen uns im Straßencafé, vor ihr Kuchen und ein Café au Lait".

Der Defekt am Fahrzeug war schnell behoben, ich aber bat sie am nächsten Tag nach Feierabend noch mal vorbei zu kommen, ich müsse noch dieses oder jenes am Auto prüfen, und am nächsten und übernächsten Abend auch. Ich denke sie hat meine Tricks schnell durchschaut, kam aber trotzdem. So haben wir uns kennengelernt. Gabi unterstützte mich von Anbeginn in meinen Aktivitäten für mein Königreich, wir planten gemeinsame Auftritte, reisten nach Ghana und arbeiteten an unseren humanitären Projekten.

Wir haben uns mit dem Journalisten angefreundet und über die Jahre immer wieder die eine oder andere Story gemeinsam veröffentlicht. Er lud uns zu großen Events ein, die er als Chefredakteur eines Magazins veranstaltete.

Eines Morgens, wir saßen im Hotel am Frühstückstisch, stellte er uns seinen Freunden vor: Dem Musikproduzenten und berühmten Trompetenduo Charlotte und Jürgen Wendling aus dem Saarland. Wir diskutierten die Idee, einen Musiktitel in ihrem Studio aufzunehmen, die beiden würden ihn komponieren und Sylvio Maltha, so der Name des Journalisten, würde den Text dazu schreiben.

Noch als junger Mann, als ich in den Discos gelegentlich zum Spaß gesungen hatte, hätte ich es mir nie vorstellen können, als Künstler, als Sänger vor TV-Kameras und großem Publikum aufzutreten. Ich war damals nur auf Arbeiten und Lernen programmiert. Arbeit außerhalb meiner Werkstatt gab es nicht, dazu liebte ich meinen kleinen Betrieb zu sehr, hatte sehr viel Energie hineingesteckt. Aber ich musste ja im Laufe meines Lebens erfahren, dass es nicht immer nach Plan verläuft, und es Ereignisse gibt, die man überhaupt nicht planen kann.

Dieses Angebot, einen Song aufzunehmen, konnte ich nicht ausschlagen. Es war eine weitere Chance vorwärts zu kommen und für meine Aktionen in Ghana zu werben. Dass ich so etwas vorher noch nie gemacht hatte und eventuell scheitern könnte, daran dachte ich überhaupt nicht. Ich habe gelernt, dass man alles, und mit vollem Einsatz, versuchen sollte. Wer nicht wagt, der nicht gewinnt.

So trafen wir uns immer wieder im Tonstudio, bis der Song „Ein Herz aus Gold", meine gesungene Liebeserklärung an meine Gabi, perfekt war. Pünktlich zur großen Hochzeitsfeier.

Nach dem einen Jahr als Weinkönig in Trittenheim folgten nun unzählige Auftritte mit diesem Song bei allen deutschen TV-Musiksendungen und Talkshows mit Gesangspart. Wenn es nur bei dem einem Titel und ein paar Auftritten geblieben wäre, ich glaube, ich wäre nicht traurig gewesen. Denn diese Erfahrung hat uns allen so viel Freude gemacht, als wenn wir es schon Jahre betrieben hätten. Es war wunderschön, die Freude und Bewunderung des Publikums zu spüren. Den Veranstaltern und Sendern hat es auch gefallen, sonst wäre ich nicht immer wieder gebucht worden.

Und die TV-Anstalten waren es auch, die die Geschwister Wendling, die alle Musikredakteure durch deren Karriere als Trompeter kannten, um weitere Titel für mich gefragt hatten.

Motiviert durch diesen ersten Erfolg setzen wir uns zusammen, um einen neuen Songtext zu schreiben und die Musik dazu zu komponieren. Wir überlegten, der Song sollte Lebensfreude zum Ausdruck bringen, einen Bezug zu Afrika herstellen, eingängige Rhythmen sollten die Zuhörer mitreißen, der Refrain sollte zum Mitsingen animieren. Sollte ich in Deutsch, Englisch, Französisch oder in meiner Muttersprache Ewe singen? Wir entschieden uns für Deutsch. So entstand der Titel „African Party".

Ich ließ mir in Hohoe die landestypischen Gewänder schneidern, in bunten Farben und aufwändiger Stickerei, die ich bei meinen Auftritten als eine Art Landestracht anziehen wollte. Im Königsgewand mit Schmuck und Krone aufzutreten, das hätte sich nicht geschickt.

Auch mit diesem Titel hatten wir erfolgreiche Auftritte in allen namhaften Musiksendungen im ganzen Bundesgebiet. Dazu zählen u. a. TV Sendungen mit der Moderatorin Carmen Nebel. Höhepunkte waren in diesen Sendungen die Auftritte zusammen mit dem Fernsehballett des MDR.

Mit all meinen Partyschlagern war ich über die Jahre hinweg einige Male im ZDF-Fernsehgarten, im HR – sehr oft in der volkstümlichen Sendung „Handkäs mit Musik", in verschiedenen MDR und

NDR Musikshows und natürlich auch im SWR, in der beliebten Sendung „Fröhlicher Feierabend". Mit den Moderatoren Sonja Schrecklein und Tony Marschall war ich im ganzen Sendegebiet unterwegs, mehrmals auch in Bad Schussenried, wo in den Räumlichkeiten der Erlebinsbrauerei Ott regelmäßig die Aufzeichnung des „Fröhlichen Feierabends" stattfand. Unlängst war ich wieder da, denn der Gerhard Hess Verlag ist in Bad Schussenried beheimatet. Und welche Freude: Fotos von damals hängen in den Vitrinen. Auch Gäste erkannten mich und freuten sich über meinen Besuch.

König Bansah mit dem „Bräu" Jürgen J. Ott

Meine Wochenenden waren nun gefüllt mit Auftritten auf Schlagerpartys, auf Volksfesten und auf Wohltätigkeitsveranstaltungen. Ich reiste quer durch die Bundesrepublik und lernte auch dadurch sehr nette Menschen kennen, die mich bei meiner Arbeit in Ghana unterstützen.

Wir machten mit mehreren Partysongs so weiter, und ich verbreitete gute Laune bei meinem deutschen Publikum, zum Wohle der Menschen in Hohoe. In dieser Zeit bauten wir Schulen und Brücken.

Bei Auftritten in Festzelten spielten die örtlichen Musikvereine auch gerne Weinlieder und das Publikum sang fröhlich mit, die Texte waren bekannt. Nachdem ich auch immer zum Mitsingen dieser gängigen Weisen auf die Bühne geholt wurde, als ehemaliger Weinkönig wurde das als selbstverständlich von mir erwartet, überlegte ich mir, auch eigene Weinlieder in mein Repertoire zu nehmen. Die bekannten Lieder waren mir eine Spur zu gemütlich, aber da die Lieder bekannt waren und wir Songs zum „Mitsingen" suchten, entschieden wir, gemeinsam mit unseren Komponisten, ein Weinlieder-Medley zusammen zu stellen, mit Titeln wie „Trink ma noch a Flascherl Wein", „Wir machen durch bis morgen früh" und „Hell die Gläser klingen". Wir mischten das traditionelle Liedgut mit afrikanischen Trommel-Wirbeln und rhythmischen Gesängen, und damit brachte ich das Publikum in Bewegung. Wir hatten alle viel Freude mit diesen ungewöhnlichen Songs.

Später haben wir dann diesen Mix auf der CD zusammen mit dem Partysong „Feuer & Flamme" veröffentlicht.

Nachdem wir Einladungen zu Weihnachtssendungen erhielten, ich sollte über Weihnachtsbräuche in meinem Königreich erzählen, gefiel uns die Idee, auch ein Weihnachtslied aufzunehmen.

Wir kennen in der Voltaregion die alten deutschen Weihnachtslieder, wir singen sie ständig in der Kirche, allerdings oder natürlich in der Ewe-Sprache. Und so nahmen wir im „Sound Studio Saar" die Strophen in Deutsch und Ewe aus „Oh Tannenbaum" auf. In Ewe heißt das „O Blunya Ti". Sie können sich ja mal an dem Text versuchen.

O BLUNYA TI, O BLUNYA TI
ATI NYUIE WUTƆ NENYE
ENYE DEVI WOFE DZIDZƆ
MIE KATA MIE ᒪWO WUTƆ
O BLUNYA TI, O BLUNYA TI
ATINYUIE WUTƆ NE NYE

Ein starkes Team.
Von links oben: Jürgen Wendling, Sylvio Maltha,
Charlotte Wendling und König Bansah

Foto: Friedel Seib

Auftritte im ZDF Fernsehgarten

Foto: Friedel Seib

Auftritte im ZDF Fernsehgarten

König Bansah mit seinem Song Kaba Kaba – das bedeutet „schnell, schnell"

Foto: Friedel Seib

Tochter Katharina, Sohn Carlo und Enkel Tyrone
unter den Fans König Bansahs im ZDF Fernsehgarten

Holiday in Afrika. Auftritt im Fernsehgarten

Foto: Friedel Seib

Weihnachtssendung im HR-Fernsehen. Mit den Wildecker Herzbuben
zusammen singt König Bansah O Tannenbaum, O Blunya Ti ...

Foto: Friedel Seib

... im festlichen Gewand

Foto: Friedel Seib

Ein Herz aus Gold

Feuer und Flamme

African Party

Holiday in Afrika

Kabakaba

König Fußball

O Blunya Ti,
O Tannenbaum

CDs von König Bansah

Wie ein Weinkönig zum Bier kommt

Zusammen mit meinen Produzenten reisten wir nach Mallorca, ein Fernsehsender wollte Aufnahmen mit meinen Liedern auf der Ferieninsel machen. Drehtermine am Strand von Palma de Mallorca, in den bekannten Lokalen, auch im „Bierkönig", wurden arrangiert. Wir trafen Jürgen Drews, den König von Mallorca, zu Aufnahmen. Zurück in Deutschland berichteten die Medien mit Schlagworten wie: „König, Bierkönig, König von Mallorca, König von Hohoe Ghana."

Dies brachte einen Bierverleger aus Hamburg auf einen verwegenen Gedanken: Ein König, noch dazu ehemaliger Weinkönig, tritt im „Bierkönig" auf, da muss ein Bezug zum Bier geschaffen werden. Er besuchte uns, stellte uns seine Idee vor, und wir überlegten gemeinsam, wie wir das Vorhaben umsetzen könnten. Wir kreierten ein Rezept, wobei ich zum Geschmack des Bieres

König Bansah trifft Jürgen Drews, den König von Mallorca

193

nichts beitragen konnte. Ich trinke ja keinen Alkohol, aber da das auch bei der Vermarktung der Trittenheimer Weine nicht abträglich war, wollten wir es versuchen. Wir wählten als Name „Akosombo", die Stadt am Voltastaudamm in Ghana. Herr Stark vom „Haus der 131 Biere" in Hamburg kümmerte sich um das Bier, ich um dessen Promotion. Es lief gut an, sogar dpa berichtete, als die erste Lieferung des neuen Bieres bei mir zu Hause eintraf.

Fotograf und Reporter der Deutschen Presse Agentur vor unserem Haus. Die erste Lieferung des Königsbieres ist eingetroffen

Zur Fußballweltmeisterschaft 2010 in Deutschland veranstaltete der „Stern" einen etwas ungewöhnlichen Wettbewerb. Er ließ die Biere aus den WM-Teilnehmerländern gegeneinander antreten, sprich verkosten. In der ersten Runde waren die „Teilnehmer-Biere" genau so aufgestellt wie die Mannschaften in den Gruppen der Fußballweltmeisterschaft. Und dann begann die Verkostung, die Gruppensieger traten gegen die Zweitplatzierten an, und so ging es ins Viertelfinale, Halbfinale und Finale. Und ihr werdet es kaum glauben, mein „Akosombo" wurde nur von dem späteren Bierweltmeister, dem „Budweiser" aus dem tschechischen Böhmen, geschlagen. Mein Bier wurde, ich zitiere wörtlich aus der „Stern"-Ausgabe 23/2010, mit den Worten gelobt: „Und wer hätte gedacht, dass ein Bier aus Ghana solche Reaktionen hervorrufen könnte: „Tolle Farbe", „Schöne Hopfennote" oder „Da möchte ich ein ganzes Glas von trinken!"

Mit dem Verkaufserlös des Bieres konnte ich wiederum den einen oder anderen Sack Zement für meine Hilfsprojekte zugunsten meines Volkes in Ghana kaufen. Ein junger Mann, der sich einige Flaschen des Bieres für seine Freunde signieren ließ, freute sich mit den Worten „Endlich saufen für einen guten Zweck". So mochte ich das bitte nicht verstanden wissen, so gern ich auch das Bier verkaufe, in Gesundheit schädigende Trinkgelage soll es nicht ausarten. Trinken mit Genuss und in Maßen soll doch viel bekömmlicher sein. Dies meinte auch ein Gast, der einer Veranstaltung beiwohnte. Bei ihm gelte das Motto: Besser nippen als kippen. Ich habe das nicht so recht verstanden, bis er mir erklärte, dass er hochwertige Edelobstbrände herstelle. Claus Winkelmann gefiel meine Signatur auf den Bierflaschen, und so kam er auf die Idee, einen Königsbrand aus hochwertigem Williams auf den Markt zu bringen. Das würde perfekt passen, er behandle die Früchte für seine Edelbrände und Liköre ohnehin königlich, meinte er. Es dauerte beinahe solange wie die Reifung des Williams, bis der Flaschenkorken mit meiner Unterschrift fertig war, und die Etiketten gestaltet.

„König-Bansah-Bier" in elegantem Design von Julian Zimmermann

Und nicht, dass Sie meine lieben Leser nun denken, der König trinkt selbst keinen Tropfen, führt aber alkoholische Getränke mit seinem Bild und Unterschrift auf dem Markt, frei nach Heinrich Heine „Heimlich Wein trinken und öffentlich Wasser predigen".

Es hatte hat sich einfach so ergeben, und eine Molkerei oder ein Teevertrieb, der meine Leidenschaft für Milchprodukte oder Tee zu Marketingzwecken nutzen möchte, hat sich noch nicht bei mir gemeldet.

Wie Herr René König auf mich gekommen ist, weiß ich ehrlich gesagt nicht einmal, vielleicht wegen des Namens „König". Ich brauche ihn ja nur zu fragen. Er hat mir eine Email gesendet und sich als Geschäftsführer von „Germens artfashion" vorgestellt, Designer, die außergewöhnliche Hemden kreieren. Er fragte, ob ich mir eine

Zusammenarbeit mit ihm vorstellen könnte. Der Modestil der noch jungen Firma gefiel mir: Bunt, edel, hochwertige Mode, Made in Germany. Und so kam es, dass der Künstler Gregor-T. Kozik das Design entwarf, dabei auch ghanatypische Farben und Muster verwendete.

Und nicht nur das, meine Krone und Unterschrift wurde mit in den Stoff eingearbeitet. In dem Kragen ist mein vollständiger Name zu lesen. Die Hemden durfte ich anlässlich der Neueröffnung des „Germens Stores" in Chemnitz eigenhändig signieren.

Seit dem kann sich wer will, in einem edlen „König Bansah Hemd", entworfen von Germens, kleiden.

König Bansah signiert seine Hemden
bei der Neueröffnung des Germens-Store in Chemnitz

Der König als Starthelfer

Von meinen Aktivitäten hörte 2007 eine junge Filmstudentin der Filmhochschule in Darmstadt. Sie suchte nach einem guten Thema für ihre Abschlussarbeit. Sie traute sich nicht mich anzusprechen, wie sie mir später verriet, zu groß war ihr Respekt. Aber ihre Mutter, die schon einiges über mich gelesen und gesehen hatte, meinte, ich wäre eigentlich ganz locker und würde ihre Tochter „schon nicht fressen".

Bald trafen wir uns über mehrere Wochen regelmäßig. Meike Rathsmann begleitete uns mit der Kamera bei bundesweiten Auftritten, befragte alte Freunde, sogar die Tochter meines alten Chefs, Herrn Schweitzer, gab ein Interview und plauderte aus ihren Erinnerungen. Wir versorgten sie mit Foto und Filmmaterial aus Ghana. Wie gern wäre Meike doch selbst hingefahren, jedoch der Abgabetermin für ihren Kurzfilm rückte zu schnell heran. Sie musste noch alles bearbeiten und schneiden. Aber die Mühe zahlte sich aus. Mit dem Portrait über König Bansah gewann die junge Studentin den Hessischen Filmpreis in der Sparte Newcomer/Hochschulfilme.

Bei der Verleihung des Filmpreises in der Alten Oper in Frankfurt, mit dem Gang über den von Fotografen umlagerten Roten Teppich, boten wir ein begehrtes Motiv und lieferten Schlagzeilen für die Presseleute.

Meike Rathsmann hatte somit einen guten Start ins Berufsleben erwischt, und arbeitet heute erfolgreich für verschiedene TV Sender.

Filmpreisverleihung.
Auf dem Roten Teppich vor der Alten Oper in Frankfurt

Foto: Friedel Seib

Auf der Bühne

Foto: Friedel Seib

König Bansah mit Ehefrau Gabriele und Meike Rathsmann

Der Filmpreis

Vor kurzem sprach mich in Mannheim ein Kameramann an, er wolle sich bei mir bedanken und erzählte, dass er seinen allerersten Auftrag in Trittenheim bei meiner Weinkrönung erhalten hatte. Er hatte eine gute Arbeit abgeliefert, denn der Sender schickte ihn im nächsten Jahr wieder nach Trittenheim, um die Fernsehbilder von unserer Trauung zu liefern. Heute arbeitet er freischaffend und kann sich die Aufträge aussuchen.

Ein anders Beispiel liefert ein junger Student aus Mannheim, der im Herbst 2009 für seine Bachelorarbeit als Kommunikations-Designer nach einem geeigneten Thema suchte. Er erzählte uns später, dass er bis dato noch nichts von mir gehörte hatte, und es war seine Mutter, die ihn auf „König Bansah" aufmerksam machte.

Seine Idee war, den König besser kennen zu lernen um dann zusammen mit ihm ein komplett neues Erscheinungsbild zu entwerfen, an seinem Image zu arbeiten. Sein Ziel war, den ernsten Hintergrund meiner Aktivitäten in der Öffentlichkeit, die, wir er meinte, für einen König sehr unüblich seien, sichtbarer zu machen. Er wollte, so seine Worte, dass meine „Authentizität betont wird und ich als echter König, der ich ja bin, wahrgenommen werde". Ich war bereit mit ihm zusammen zu arbeiten, und versuchte ihm Zuversicht zu vermitteln, mit den Worten: „Keine Angst, das wird schon. Es haben schon sehr viele Kinder Aufsätze über mich geschrieben. Die haben alle eine 1 gekriegt".

Unsere gemeinsame Arbeit war ein großes Abenteuer – für uns beide. Ich hatte zu diesem Zeitpunkt noch keine genaue Vorstellung davon, was Julian Zimmermann mit mir vorhatte.

Wir trafen uns seitdem regelmäßig, er ließ mich von meinem spannenden Leben erzählen, hörte fasziniert zu und machte sich seine Notizen, durchforstete mein privates Foto und Videoarchiv und wundere sich immer mehr über mein facettenreiches Leben. Das

Konzept seiner Arbeit kristallisierte sich immer stärker heraus – er wolle all das zusammen kommunizieren, um den Menschen klar zu machen, dass all mein Wirken einem guten Zweck untergeordnet ist. Und dazu, so sein Gedanke, musste er mein Image überarbeiten. Um einen Einblick nicht nur in mein Leben in Deutschland, sondern auch in Ghana zu erhalten, begleitete er mich einige Monate später nach Hohoe, zusammen mit seiner Studienkollegin, Mirka Laura Severa, die sich um die fotografische Dokumentation kümmerte. Ihre allererste Reise nach Afrika überhaupt beeindruckte beide sehr nachhaltig. Sie wunderten sich wie alles funktionierte, trotz des, wie sie meinten, großen Durcheinanders. Sie waren nicht an das laute, bunte Leben der Menschen gewohnt, das sich überwiegend in öffentlichen Räumen abspielt.

Ich fuhr mit den beiden durch mein Königreich, nahm sie zu allen Treffen mit, zeigte vor allem meine Hilfsprojekte. Dadurch wurde ihm, Julian, klar welcher Druck auf mir lastet und warum ich mich in Deutschland so sehr bemühe, keine Gelegenheit auszulassen, um Mittel zu sammeln für meine Landsleute. Die Menschen erwarten sehr viel von ihrem König, der in Europa, in Deutschland lebt. Sie setzen große Hoffnung in ihn. Und diese Verantwortung wurde für meine Begleiter spürbar und sichtbar.

Die Farben, geometrischen Formen und Adinkra-Symbole, die überall in Ghana zu sehen und voller Bedeutung sind, haben ihn inspiriert. Seine Überlegung: Damit könnte er mein Erscheinungsbild in der Öffentlichkeit königlicher wirken lassen als zuvor. Es sollte edel und majestätisch aussehen, damit wirklich niemand in Frage stellt, dass ich ein echter König bin.

So entschied er, mit Gold und hochwertigem Papier, Siegeln und Heraldik zu arbeiten. Und da mein Image für die Leute hier in Deutschland gedacht war, erschien es außerdem wichtig zu zeigen, dass ich ein König aus Ghana bin, und dass meine Arbeit in

Deutschland die Projekte in Afrika ermöglichen sollen. Deshalb wählte er noch ein zweites Element dazu, die Exotik. Das Image sollte nicht nur königlich sein, sondern auch afrikanisch, fremd, geheimnisvoll. Um das zu erreichen wählte er die kantigen und geometrischen Formen der ghanaischen Webstoffe. Rauten und Zickzackmuster, uralte Traditionen flossen so in die Gestaltung ein. Außerdem schwarzes Papier in der Kombination mit Gold. Dazu ließ er sich von Fotos meiner schwarzen Hand mit meinen Goldringen inspirieren. Die Farben verwendete ich bereits bei der Gestaltung meines Werkstatt-Tores in Ludwigshafen.

 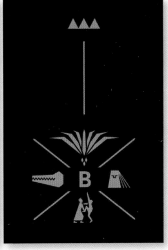

Metalltor mit Symbolen   Das neue Wappen

Mit dieser neuen Formensprache entwarf er das neue königliche Wappen, ohne die Bedeutung zu ändern:

In der Mitte der Lebensbaum mit den Früchten des Lebens. Der König hilft seinem Volk, die Baumkrone zu erklimmen und so die Früchte, ihr Ziel, zu erreichen. Links und rechts flankiert von einem

Krokodil, das für die Gefahren der Natur steht und ein Voodoo-Stein, der das Volk von eben diesen Gefahren beschützen soll. Ein Gleichgewicht, das nur aufrechterhalten wird, wenn die Spiritualität und der Respekt für die Natur intakt sind.

Er gestaltete die gesamte Kommunikation neu – nahm sich Briefpapier, Visitenkarten, oder die Dankesurkunden vor, die ich an besondere Spender und Gönner gern ausstelle.

Später kam auch im Zuge dieses „Cooperate Designs" das Design des Etikettes des königlichen Bieres „Akosombo" dazu. Und weil immer mehr Kunden nach „König-Bansah-Bier" nachfragten, und gern des Königs Konterfei ganz groß auf der Flasche sehen wollten, gestalteten wir auch ein neues Etikett. Heute führen wir dieses Bier unter beiden Labels im Sortiment des Bierverlags „Haus der 131 Biere". Und auch ein Bier mit Cocos, dessen Verkaufserlös auch unseren Projekten in Ghana dient.

Die zur Umsetzung notwendigen hochwertigen Werkstoffe für die Papiere erfragte er bei Sponsoren und Partnern. In Publikationen über außergewöhnliche Studentenarbeiten wurde über seine Arbeit berichtet.

Und dies blieb nicht unbeachtet: Im Mai 2010 erhielt Julian Zimmermann eine Anfrage, über das außergewöhnliche Projekt auf der Typo in Berlin, einer der wichtigsten internationalen Design-Konferenzen mit über 1500 Zuschauern, zu referieren.

Das war eine Herausforderung, allerdings mehr für Julian als für mich. Aber nicht etwa, weil das Projekt noch nicht abgeschlossen war, eher, weil der Respekt der Design-Studenten vor dieser internationalen drei Tage dauernden Konferenz sehr hoch war. Es treten dort nur die absoluten Design-Gurus auf, und er als Newcomer, der seine Bachelorarbeit gerade eingereicht hatte, sollte im Berliner Tiergarten im größten Saal des Konzerthauses auftreten, zur besten Zeit, samstags um 17.00 Uhr, vor 1500 Zuschauern. Sein allererster Vortrag überhaupt. Kaum zu glauben.

Mich können solche Herausforderungen selten aus der Ruhe bringen. Ich rufe mir immer in Erinnerung, was ich von den Schamanen und Ältesten in meiner Quarantäne vor meiner Krönung gelernt habe. Und ich vertraute diesen Kräften.

So bereiteten wir uns jedenfalls auf diesen besonderen Tag vor. Jeder auf seine Weise. Wir filmten wie ich meine Unterschrift auf ein Blatt Papier setzte, mit entsprechenden Erklärungen dazu. Wir fotografierten die Visitenkarten und suchten nach guten aussagekräftigen Fotos. Julian schnitt Videos und Fotos für den Vortrag, und ich gab mir große Mühe, Julian an meiner Gelassenheit teilhaben zu lassen. Eine gute Mischung, wie sich später herausstellen sollte.

Minuten vor dem Auftritt gingen wir hinter der Bühne den Ablauf nochmals durch: Julian geht zuerst raus, macht die Einführung und ich warte als weit hörbares Signal zum Betreten der Bühne auf das Abspielen eines Kinderliedes, das wir in Hohoe aufgezeichnet hatten. „Afisi kloku dola", das Lied von der Schildkröte.

Doch die Tondatei ließ sich zum erwarteten Zeitpunkt nicht abspielen, und der Applaus der Zuschauer verhallte ohne den geplanten Auftritt des Königs. Nachdem der Techniker das Problem behoben hatte und das Lied ertönte, trat ich hinter der Bühne hervor. Der Vortrag konnte beginnen. Julian meisterte diese technische Panne vor weit über 1000 Kongressteilnehmern mit einer Gelassenheit, die er, wie er mir später verriet, meinem Training zu verdanken hatte.

Unser erster gemeinsamer Vortrag war phänomenal. Die Zuschauer waren total gefesselt und beeindruckt von meiner Lebensgeschichte und den Arbeiten des jungen Designers.

Auch die Art unseres Vortrags, nicht nur lehrhafte Anschauungen, sondern neue, für die Zuhörer ungewöhnliche Geschichten, gepaart mit Humor, aber dennoch mit der notwendigen Ernsthaftigkeit, gefielen dem Publikum. Wir freuen uns seitdem bei jedem Vortrag auf die Reaktion der Zuschauer, nach dem Abspielen des Videos zum Thema: „Königliche Unterschrift"... „und wenn ich Lust habe, mache ich die Lebenslinie länger, bis es nicht mehr geht."

Alle freuen sich, lachen, und wollen im Anschluss eine Originalunterschrift mit besonders langer Lebenslinie und persönlicher Widmung auf Buch oder Bierflasche.

Am Ende spendeten die Besucher der „Designkonferenz TYPO" in Berlin stehend Ovationen – der Veranstalter „FontShop" meinte, das wären in den 14 Jahren zuvor noch nie passiert – und das königliche Bier „Akosombo", das wir im Anschluss ausschenkten, war nach wenigen Minuten ausverkauft.

Nach der „Typo Berlin" gab es zahlreiche Anfragen von anderen Design-Konferenzen. Das Projekt war in aller Munde. Etliche Fachzeitschriften druckten Berichte über uns ab. Wir wurden auf Konferenzen zu verschiedenen Themen wie Design und Markenpräsentation eingeladen. Wir reisten öfters nach Köln, München, Offenbach, Bobingen und sogar zur nächsten „Typo" nach London. In London hat uns auf der Bühne Erik Spiekermann live übersetzt, einer der bekanntesten deutschen Grafik-Designer. In London haben wir das Folgeprojekt unserer gemeinsamen Zusammenarbeit vorgestellt: Eine Webseite für die „König Bansah Schule", einem Ausbildungszentrum für Jugendliche, die einen Beruf erlernen wollen. Und das war gleichzeitig auch Julians Masterarbeit, und damit das Ende seines Studiums.

Das Projekt, ausgezeichnet mit vielen Designpreisen (Deutscher Designer Club, Art Director's Club, MfG Talent Award, Junior Corporate Design Award) wurde zudem auf etlichen internationalen Designblogs besprochen. Vor allem in den USA.

Aber auch über die Grenzen der Designwelt hinaus war es interessant für viele Menschen. Artikel in der Süddeutschen Zeitung oder Interviews mit dem Spiegel und auf Deutschlandfunk fanden statt. Außerdem hielten wir zusammen Vorträge im Rahmen von Tagungen und Konferenzen zu Themen wie Integration, Marke und politische Bildung.

Noch vor Abschluss seines Studiums gründete er zusammen mit drei seiner Freunde das heute sehr erfolgreich auf internationalem Parkett arbeitende Designstudio „Deutsche & Japaner".

Und ich hatte Recht behalten mit meiner Aussage zu Beginn unserer Zusammenarbeit – „Keine Angst, das wird schon. Es haben schon sehr viele Kinder Aufsätze über mich geschrieben. Die haben alle eine 1 gekriegt."

Julian Zimmermann und König Bansah bei einem Vortrag

Das Video zur Erklärung der Unterschrift läuft

Gemeinsamer Vortrag von Julian Zimmermann und König Bansah

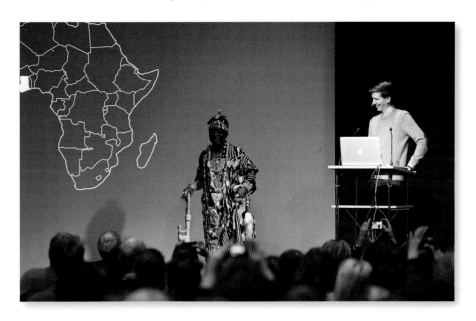

Inspiriert von ihrem Kollegen, thematisierte auch Mirka Laura Severa einige Fotos, die sie in Hohoe und in Ludwigshafen aufgenommen hatte für ihre Bachelorarbeit.

Sie schaffte es mit diesen Aufnahmen in zwei Ausgaben des amerikanischen „Vice-Magazin". Der Höhepunkt war eine Plakataktion für das Vice-Magazin mit meinem Konterfei in New York, San Francisco und Chicago.

Nach dieser Starthilfe arbeitet sie heute erfolgreich als selbständige Fotografin in Amsterdam.

Plakataktion in Chicago

Litfaßsäule vor dem Hearst-Building in San Francisco

Die Metro-Station Fifth Avenue in New York

Die Fotografin Christina Czybik war keine Newcomerin in ihrem Beruf, als sie mich nach einem Artikel über mich, erschienen in der Süddeutschen, nach Terminen für Fotoshootings fragte. Sie hatte sich schon weltweit einen Namen gemacht. Und so platzierte sie ihre Aufnahmen, die sie in Ludwigshafen, in Ghana und Togo machte, in unzähligen Zeitschriften, national und international, samt Internetportalen. Bis ihr dann etwas gelang, wovon viele Fotografen träumen – das Magazin GEO, die Deutschland Ausgabe, kaufte ihre Bilder um eine 12seitige Dokumentation über meine Frau und mich zu veröffentlichen. Sie war stolz, ich war stolz und so freuten wir uns gemeinsam an diesem Erfolg. Im März 2018 erschien dann das Magazin, nachdem der Journalist Marc Bädorf uns nach Ghana begleitet hatte, um seine Eindrücke vor Ort ebenfalls in der Dokumentation zu verarbeiten.

GEO Heft 03/2018
Text: Marc Bädorf
Fotos: Christina Czybik
Mit freundlicher Genehmigung von **GEO**

Auf meine eigenen Kinder Carlo und Katharina bin ich noch stolzer, so stolz wie eben nur ein Vater sein kann. Ich konnte ihnen meine Lebensfreude, meine soziale Verantwortung, mein handwerkliches und künstlerisches Talent mit auf den Weg geben.

In jungen Jahren trainierten beide ihr handwerkliches und technisches Geschick in meiner Werkstatt, keine Scheu sich die Hände dreckig zu machen. Und diese Einstellung, immer anpacken, hat ihnen geholfen. Carlo absolvierte nach seinem Abitur eine Ausbildung im Rettungsdienst. Er fühlte sich im medizinischen und sozialen Umfeld wohl, entschied sich aber später für ein betriebswirtschaftliches Studium. Nach Jahren im Projektmanagement verschlug es ihn wieder zurück in den medizinischen Bereich, diesmal aber gepaart mit überwiegend betriebswirtschaftlichen Tätigkeiten in verantwortlicher Position beim Deutschen Roten Kreuz.

Vor Katharina war als Kind kein Blatt Papier sicher, sie skizzierte überall ihre Ideen. Meine Werkstatt mit den herumliegenden Teilen war eine wahre Fundgrube für ihre Kreativität. Dieses Talent setzt

213

sie heute beruflich um. Seit 2005 selbstständige Grafik-Designerin, entwickelt sie mittlerweile weltweit Projekte. 2013 entwarf Katharina die offizielle Sportkleidung der jamaikanischen Fechtmannschaft. Und liebe Leser, eines von Katharina Bansahs Werken halten Sie gerade in Ihren Händen: Die Umschlagseite dieses Buches.

Und ich weiß, beide Kinder werden meine Arbeit in Ghana fortsetzen.

Céphas Bansah, Gabriele Bansah mit Katharina und Carlo
Foto: Wolfgang Detering

Die Zacken meiner Krone

Ein Zeitungjournalist titelte einmal nach einer Veranstaltung, verwundert darüber, was ich so alles mache, „dem König fällt kein Zacken aus seiner Krone".

Warum auch? Ich muss in meinem Beruf als Kfz-Meister hart anpacken, und von daher bin ich es nicht anders gewohnt. Auch im königlichen Gewand muss ich arbeiten.

Vielen Menschen gefällt das, sie haben dadurch noch mehr Respekt und Achtung vor mir. Einige wenige wundern sich, dass ein König generell arbeitet. Er könne doch von seinem Volk Steuern erheben und ansonsten faulenzen, so deren Auffassung.

Es ist nicht einfach, es jedem Recht zu machen, das kennt jeder meiner Leserschaft. Trete ich mit meinem Gewand und Krone und Schmuck auf, fordern mich manche auf, erst einmal das ganze Gold zu verkaufen und für mein Volk einzusetzen. Dann bricht oft eine Diskussion unter den Anwesenden aus, warum der König Gold trägt, und das dies uralten Traditionen entspringt, und dass das ganze Gold aus Ghana komme, einem Land, was von den Engländern als Kolonialherren deswegen auch Goldküste genannt wurde. Dürfen nur die anderen Länder die Bodenschätze meines Landes nutzen?

Komme ich mit meinem Fahrzeug, einem älteren Modell angefahren, tuscheln die Leute, warum der König nicht mit einer Luxuslimousine vorfährt, das könne doch kein richtiger König sein. Dem einen ist man zu reich, deswegen wollen sie nicht helfen, den anderen ist man zu arm, und sie zweifeln an der Echtheit, kennen sie doch nur den Prunk der Europäischen Adelshäuser.

In der einen Stadt freuen sich die Bürgermeister und Gemeindemitglieder über meinen Eintrag in ihr Goldenes Buch. In der

Nachbarstadt reicht mir der Bürgermeister nicht einmal seine Hand, während seine davon peinlich berührten Bürger dennoch Schlange stehen für ein Autogramm und Foto mit mir. So unterschiedlich sind die Reaktionen, mit denen ich umgehen muss. Aber das soll kein grundsätzliches Problem sein, mein ganzes Leben muss ich mich wie ein Chamäleon den unterschiedlichsten Umgebungen anpassen. Ein König zwischen zwei Welten eben, gleichermaßen vertraut mit Krone wie mit Schraubenschlüssel.

Anpassen muss ich mich auch an die diversen Anforderungen, Aufgaben und Wünsche der Auftraggeber und Veranstalter.

Und die sind so vielfältig wie die Auftritte, die wir, meine Frau und ich, so lieben. Zum einem, weil wir die Abwechslung schätzen, zum anderen, weil wir uns darauf freuen, was wir daraus resultierend für die Menschen in Ghana Gutes tun können.

Seit ich 1992 zum König gekrönt worden bin, toure ich durchs Land, mich immer an mein Versprechen erinnernd, das ich gegenüber den Ältesten abgegeben habe, „Ich werde nach meiner Krönung in Deutschland bleiben, weil ich von dort aus meinen Leuten weitaus mehr helfen kann".

Ich werde zu Sportveranstaltungen eingeladen, darunter sind sehr viele Fußballspiele, Benefizveranstaltungen. Von einer, die dazu geführt hat, dass ich Weinkönig geworden bin, habe ich ja schon erzählt. Oder zu Jugendturnieren, oder zu Meisterfeiern. Zu wichtigen Ligaspielen, und natürlich auch zu WM-Spielen und deren Berichterstattung im Fernsehen. Besonders dann, wenn Deutschland und Ghana oder andere afrikanische Teams beteiligt sind.

Gern erinnere ich mich an den 10. Mai 1998 – mein Pfälzer Heimat-Verein, der 1. FC Kaiserslautern, wurde Deutscher Meister, in der Saison, in der die Mannschaft von der 2. Bundesliga aufgestiegen war.

1. FC Kaiserslautern ist Deutscher Fußballmeister

Durch das Bettenstudio Kunst in Delmenhorst, welches immer ein großes Herz für Ghana bewiesen hat, bin ich zu Werder Bremen gekommen und seitdem auch Fan dieses Tradition-Vereins, was die Bildzeitung mit der Schlagzeile „Werders schrägster Fan" zu Papier brachte.

Oft war ich auch bei den Mannheimer Adlern, dem Eishockey-Bundesligaverein zu Gast. Auch bei einigen ihrer Meisterfeiern auf der Bühne.

Unvergessen ist aber die Charity-Aktion der Adler „Adler helfen Menschen e.V.". In diesem Fall Menschen in Ghana.

Moderiert wurde die Spendenübergabe von dem Stadionsprecher Udo Scholz, der auch immer die Moderation des World-Klapps übernommen hat. Seit Jahren bin ich Schirmherr des vom Pfälzer

Klappvereins ausgerufenen und veranstaltetem „World-Klapp", dem internationalen Turnier für die Original 20-Zoll Klappfahrräder aus den 70er Jahren. Die Klappradsportler, eine liebevoll verrückte Gemeinschaft, freuen sich jedes Mal auf die Vereidigung, die ich ihnen mit dem pfälzischen „ajo", auf hochdeutsch „ja, ich schwöre", abnehme.

Die Organisatoren lassen sich immer etwas einfallen, um den zu sportlichen Höchstleistungen auffahrenden Klappradlern einen würdigen Rahmen zu geben. Manches Mal wurde ich als König und Schirmherr mit dem Hubschrauber eingeflogen. Aber immer bot man mir die Gelegenheit, über meine Aufgaben als König in Hohoe Ghana zu berichten und auf die Nöte aufmerksam zu machen. Von daher weiß ich, auch Klappradler haben ein großes Herz.

Adler helfen – Udo Scholz, links, moderiert die Übergabe
des Spendenschecks durch die „Adler Mannheim"

World-Klapp in Berlin.
Der Schirmherr König Bansah im Auto, gefolgt von den Klapprad-Sportlern
Foto: Ute Herzog

Schirmherr König Bansah mit königlichem Leibwächter
und dem Vorsitzendenden des Klappradvereins e.V. Peter Zürker
Foto: Ute Herzog

World Klapp in Schopp. Diesemal wird der Schirmherr König Bansah
mit dem Hubschrauber eingeflogen

Foto: Ute Herzog

Die Klappradler stehen Spalier am Roten Teppich

Foto: Ute Herzog

Das gilt auch für Golfer. Auf verschiedenen Golfplätzen im ganzen Bundesgebiet wurde ich schon eingeladen. Ich habe dort immer aufgeschlossene Menschen kennen gelernt, die sich für meine Projekte in Ghana eingesetzt haben. Stellvertretend für alle, möchte ich hier nur zwei von ihnen nennen, z. B. die Golfanlage in Zschopau, die die Startgebühren ihrer Turniere für die Wasserversorgung auf dem Schulgelände gespendet haben. Dorthin hat mich ein Mitglied, Herr Gross, vermittelt, den ich bei verschiedenen Auftritten in Annaberg-Buchholz kennengelernt hatte. Die Geschäftsleute in der Region, ich hatte es schon erwähnt, haben die Brunnenanlage mitfinanziert.

Oder der Golfclub in Worms, der mich auf Empfehlung eines Freundes zu deren Turnieren eingeladen hatte. Auch hier spendete der Verein die Startgebühr, und manches Mitglied legte noch ein Sümmchen obendrauf.

Kaiser Franz Beckenbauer und König Bansah
beim gemeinsamen Anstoß eines Benefizspiels, organisiert
von meinem Freund Harry Schagerl, dem „Original Anton aus Tirol"

Gern habe ich bei diesen Turnieren und anderen Sportereignissen die Siegerehrungen übernommen.

So auch bei der Olympia-Qualifikation unserer Volleyballdamen, oder bei verschiedenen Spring-und Reitturnieren. Es freut mich außerordentlich, wenn ich als Glücksbringer fungieren kann und das Team unsere Gastgeber tatsächlich den Sieg nach Hause fährt.

Die Deutsche Volleyball-Frauenmannschaft
gewinnt die Olympia Qualifikation in Bremen

Neben den sportlichen Ereignissen liebe ich Firmenevents. Neu-eröffnungen oder Jubiläen von Möbelhäusern, Hotels, Metro-Handelshäuser etc. sind immer sehr interessant, da ich ein sehr großes Publikum erreiche. Für die Firmen ist es durchaus von Be-deutung, wenn über ihre Veranstaltungen bundesweit berichtet wird, ob in der Fach- oder Tagespresse.

Großer Empfang – König Bansah als Ehrengast bei Möbel Lutz

Möbel Lutz in Graz – alles ist bereit für König Bansah

Nach dem Interview unterhält König Bansah
die Kunden von Möbel Lutz mit musikalischen Einlagen

Ich nehme auch sehr gern an traditionellen deutschen Festen teil, ich liebe die deutschen Traditionen und Festlichkeiten, die es schon seit Jahrhunderten gibt.

Ich finde es wichtig, dass sie nicht vergessen werden, und dass die Jugend herangeführt wird an die regional unterschiedlichen Bräuche, die in Deutschland während eines Jahres abgehalten werden. Genau wie in Ghana: Die Tradition darf nicht zur Folklore werden, die nur für Touristen und Gäste lebendig gehalten wird. Überall auf der Welt gilt, man darf seine Wurzeln nicht vergessen.

In Deidesheim in der Pfalz findet alljährlich am Dienstag nach Pfingsten, vor großem Publikum und starkem Interesse der lokalen Medien, die Versteigerung eines stattlichen Geißbocks statt, den das jüngste Brautpaar aus der Nachbargemeinde Lambrecht als Tribut für Weiderechte liefern muss. Mittlerweile seit über 600 Jahren. Und bei der 606. im Jahr 2009 war ich neben Geißbock Tobias die Hauptattraktion, nachdem mein Freund das Tier für mich ersteigert und dann weiter veräußerte, um den Erlös für Ghana zu spenden.

Vor historischer Kulisse, dem alten Rathaus in Deidesheim, startet das Schauspiel zur Geißbockversteigerung

König Bansah umrahmt von Volkmar Uebelhör und Dr. Manfred Gau, beide
von der Royal Society. Auf dem Foto rechts posiert auch Geißbock Tobias

Der Bürgermeister übergibt die Urkunden
und Dr. Gau bezahlt den Preis für den Geißbock

Gruppenbild mit den „Ulkern"

Ich liebe auch Fasching, Fasnet, Karneval. In vielen Regionen Deutschlands werde ich zu Veranstaltungen eingeladen und feiere gern dieses Brauchtum. Der König mit Gefolge auf eigenem Wagen beim heimischen Faschingsumzug in Ludwigshafen-Mannheim, oder im Saarland, oder im Rheinland, es ist immer eine große Freude. Auftritte mit meiner Musik auf den Bühnen der Faschings-veranstaltungen, und natürlich auch bei TV Sendungen, gehören dazu. Ich liebe die wunderschön gestalteten Faschingsorden, die in meinem Haus in Ghana einen Ehrenplatz bekommen. Mein aller-schönster Orden ist der des „Lachenden Loabser", den der CV Ulk aus der Elfenbeinschnitzer-Stadt Erbach im Odenwald aus Mam-mut-Elfenbein geschnitzt, an Personen verleiht, die sich um den Humor verdient gemacht haben. Im Jahr 1998 wurde mir diese humoristische Ehre zuteil, und ich durfte mich in die Liste der Ordensträger einreihen:

07. Januar 1990	Margit Sponheimer
13. Januar 1991	Tony Marshall
12. Januar 1992	Pit Krüger
24. Januar 1993	Hans Eichel – damaliger Hessischer Minister-präsident
30. Januar 1994	Hans Fischer
15. Januar 1995	Franz Graf zu Erbach-Erbach und zu Warten-berg-Roth
14. Januar 1996	Jockel Fuchs – damaliger OB Mainz
19. Januar 1997	Heinz Schenk
18. Januar 1998	Ngoryfia Kosi Olatidoye Céphas Bansah – König von Hohoe, Gbi traditional Ghana
31. Januar 1999	Rolf Braun
31. Januar 2000	Franz Peter Wörner
02. Februar 2001	Roland Koch – Hessischer Ministerpräsident
02. Februar 2002	Karnevalgesellschaft Windhoek 1952
31. Januar 2003	Familie Hausmann – vertreten durch Anna Elisabeth Hausmann
01. Februar 2004	Martin „Maddin" Schneider
09. Januar 2005	Karl Oertl – Frankfurt
22. Januar 2006	Robert Treutel – alias Bodo Bach
21. Januar 2007	Hildegard Bachmann
13. Januar 2008	Horst Schnur, Landrat des Odenwaldkreises
18. Januar 2009	Rainer Bange alias Familie Kleinschmidt
10. Januar 2010	Walter Scholz – Trompetenvirtuose
15. Januar 2011	Gotthilf Fischer – Deutscher Chorkönig
15. Januar 2012	Thomas Rau alias Olga Orange – Travestie-künstler

06. Januar 2013	Roland Hotz, Gründer des Kikeriki Theaters in Darmstadt
19. Januar 2014	Alice Hoffmann, alias Vanessa Backes
18. Januar 2015	Dekan a. D. Pfarrer i. R., Heinz Kußmann
17. Januar 2016	Ralf Falkenstein, Protokoller „Hessen lacht zur Fassenacht"
15. Januar 2017	Walter Renneisen, Schauspieler
21. Januar 2018	Volker Bouffier, Hessischer Ministerpräsident

Manfred Kreis von der Interessengemeinschaft
Mittelrheinischer Karneval e. V. und König Bansah

Ich werde zu Sportveranstaltungen aller Art, „Anbaden" in Seen und Flüssen bei frühlingshaften Temperaturen, zu Lauftreffs und Jugendturnieren und Reitturnieren eingeladen, darf die Spiele eröffnen, Siegerehrungen vornehmen und kann im Rahmenprogramm immer wieder Geld für meine Hilfsprojekte in Hohoe zusammentragen. In den Jahren 2010 und 2011 war ich sehr häufig zu solchen Terminen in Sachsen unterwegs. Oft wurde ich mehrmals von den Gemeinden zu deren Veranstaltungen eingeladen, und sie freuten sich über die positive Presse und natürlich auch über Fotos, die ich ihnen von den mit aus ihren Zahlungen finanzierten Projekten aus Ghana vorweisen konnte.

So tourte ich durchs Land, machte meine Veranstaltungen, TV Sendungen und Pressetermine und freute mich immer über die positive Resonanz, die es mir schließlich ermöglichte, mich um meine Schulen, Brücken und Patienten in Ghana zu kümmern.

Im August 2012 allerdings bekam ich den Schock meines Lebens. Kripobeamte besuchten mich in meiner Werkstatt in Ludwigshafen, stellten mir Fragen zu der NSU-Terrorzelle um Uwe Böhnhardt, Uwe Mundlos und Beate Zschäpe. Sie händigten mir eine lange Liste mit Namen ihrer Komplizen und Alias-Namen aus, unter denen viele der Terroristen mittlerweile bekannt waren. Ich sollte meine Kundendatei und Kundenrechnungen nach diesen Namen durchsuchen und einige Tage später zur Zeugenvernehmung im Polizeipräsidium erscheinen.

Die Fotos und Namen waren mir durchaus vertraut – aber nur aus der Presseberichterstattung. Die Beamten sagten, tausende von Fundstücken und Beweise, die in dem im November 2011 in Zwickau angesteckten Haus gefunden wurden, werden nach und nach ausgewertet. Ein halbverkohltes Stück Papier, eine handschriftliche Notiz, auf der mein Name, Bruchstücke meiner Adresse und Telefonnummer gerade noch zu lesen waren, wurde auf dem

Küchentisch des Trios in dem abgefackelten Haus gefunden. Die meisten anderen Namen und Notizen, so erzählten sie mir, waren als Computer-Dateien gefunden worden.

Warum notierten sie meinen Namen? Was hatten sie vor? Waren sie schon bei mir zuhause, um die Lage auszukundschaften? Stand ich auch auf deren Todesliste? Sollte ich getötet werden, wie viele andere auch?

Seitdem verfolge ich den Prozess mit allergrößter Betroffenheit und gedenke der unschuldigen Opfer und deren Familien.

Eine weitaus positivere Erinnerung an „NSU" habe ich an das Fahrzeug, den NSU Prinz, des in den 60er Jahren in Neckarsulm erfolgreich gebauten Wagen. Zum einen, da ich in den frühen 1980er Kunden mit solchen Prinzen in meiner Werkstatt bediente. Ich erinnere mich auch an den damaligen Werbeslogan.

Und genau wegen dieses Slogans: „Fahre Prinz und du bist König" wurde ich 2016 von der Zeitschrift Auto-Bild ausgewählt, ein Fotoshooting mit dem „König im Prinz" zu machen.

Ich durfte einige Runden in Ludwigshafen mit dem NSU Prinz drehen, und in meiner Werkstatt, demonstrativ unter der Hebebühne an dem Auto herumwerkeln.

Manchmal frage ich mich, ob mein Leben für die Medien auch so interessant wäre, wenn ich nicht König und Automechaniker-Meister wäre, sondern König und Büroangestellter. Auf jeden Fall erziele ich durch meinen Beruf einen sehr hohen Wiedererkennungswert, was mir bei meiner Arbeit als König sehr zu Gute kommt.

Wenn etwas Interessantes rund um das Thema Automobil ansteht, erinnern sich die TV-Gesellschaften und kommen zum Dreh in meine Werkstatt, und dann natürlich auch in das mit dem Thron und anderer Holzarbeiten aus Ghana geschmückten Zimmer.

Queen of the World. König Bansah war Mitglied in der Jury

Mit Volker Heißmann und Martin Rassau in deren TV-Show in Fürth

Einmal drehte Vox mit Daniela Katzenberger, die ja bekannterma-
ßen aus Ludwigshafen kommt, eine Episode, wie sie ihr altes Auto
von mir reparieren und für den Weiterverkauf vorbereiten lässt.

Oder „Alfons" mit seinem Puschelmikrofon für den SWR. In der
Comedy Sendung hatten wir beide viel Spaß, brachten jedoch
auch mein ernstes Anliegen gut rüber. Die Zuschauerresonanz war
großartig.

Johannes B. Kerner fragte in seiner ZDF Sendung „Da kommst du
nie drauf", welches Amt Cephas Bansah neben seinem Beruf als
KfZ-Meister begleitet – ist er der Kapitän des Nationalteams von
Kamerun im Eisstockschießen, oder ein Filmmogul von Nigeria,
oder etwa ein König in Ghana.

Neben solchen und ähnlichen Aktionen für diverse Zeitschriften und Magazine, gehörte ich immer mal wieder der Jury von
Modeschauen, Schönheitswettbewerben, Miss Germany Wahlen,
oder einmal bei der Premiere zur Wahl der „Queen of the World"
an, die in einem Flugzeug auf einem dreistündigem Rundflug um
Frankfurt am Main stattfand.

Oft muss ich dann an meine allerersten Fernsehsendungen in den
1990er Jahren denken, und daran, dass einige Kritiker meinten,
drei bis vier Sendungen, das wäre schon zu viel, kein weiterer Sender wolle über mein Thema berichten. Und dann kamen hunderte, ob die „Sendung mit der Maus", Talkrunden in Deutschland,
Österreich, Niederlande und sogar in Italien, Ratesendungen, viele
Dokumentationen, Wissenssendungen, Comedy. Viele TV-Teams
begleiteten mich nach Ghana und Togo, so das ZDF für seine Sen-
dereihe „Könige in Afrika", oder ProSieben für die Wissenssendung
„Galileo". Der Beitrag wurde einmal unter dem Titel „Geheimnis-
voller Nachbar – Afrikakönig" ausgestrahlt, und einmal in der Reihe „Big Pictures" als Nummer 2 in einem gelungenen Mix zwischen

Cartoon und Dokumentation. Und warum genießen wir die für unsere Arbeit in Ghana so wichtige Aufmerksamkeit der Medien? Weil wir, König und Königin, nicht auf der Stelle verharren und uns mit einem fertiggestellten Projekt zufriedengeben. Wir wollen weiter fortfahren mit unseren humanitären Projekten in Ghana, und dazu von Deutschland aus die Unterstützung für unser Volk in Ghana organisieren.

Und dazu benötigen wir Sie. Wir zählen auch weiterhin auch auf Ihr Engagement. Danke. Danke Deutschland!

Adinkra Symbole

Gye Nyame – **Gott, der Allmächtige**

Wenn Gott sein Einverständnis nicht gibt,
kann kein Sturm meinen Wawa-Baum fällen.
Nur er kann in der Dunkelheit sehen,
woher wir kommen, wohin wir gehen.

Sankofa – **Sieh´ auf deine Vergangenheit und du erkennst deine Zukunft**

Der Vogel ist weise.
Schau, sein Schnabel,
nach rückwärts gerichtet,
bejaht für heute was früher richtig war.
Dann schreitet er vorwärts, mit Blick nach vorn,
der Zukunft entgegen, ohne Furcht.

Akoko Nan – **Barmherzigkeit und Schutz**

Wer kennt die Mutterhenne,
die auf ihre Küken tritt und sie tötet?
Sie mag, in Zeiten der Gefahr,
auf die streunenden Küken treten,
aber nur um sie zu schützen.

Nyame Bowu – **Gott ist unsterblich**

Ich bin unsterblich, sang dieses Zeichen.
Wenn Gott unsterblich ist,
werde ich nur verschwinden, wenn Er es tut.
Und wenn Er dies nicht tut, dann ich auch nicht.

Nmusuyide – **Reinheit und Glück**

Guten Morgen, O Herr,
bedeutet „viel Glück den ganzen Tag",
wenn Sie, früh aufwachend, dreimal
auf dieses Kreuz mit dem linken Fuß treten,
gleich hier, neben Ihrem königlichen Bett.

Dwannin amen – **Durchhaltefähigkeit**

Sie brauchen sie nur beim Kämpfen zuzuschauen
um die Kraft der Hörner des Widders zu fühlen.
Kraft des Geistes, Kraft des Körpers,
Kraft des Charakters: Diese drei,
Grün mit reichlicher Ernte.

Fihankra – **Sicherheit und Geborgenheit**

Eine Mauer umschließt unser Haus:
Sie sagt der Welt, dass wir uns einen Hof teilen,
mit Steinen gepflastert, dennoch ungefährlich
ein gemeinsames Leben führend,
miteinander und nicht gegen.
Zu einem gemeinsamen Ahnen betend:
Unsere Erfahrungen, unser Wegweiser!

Wawa Aba – **Selbstbewusstsein**

Wer hätte gedacht, dass der Samen
auf dem wir trampeln seine Wedeln
gegen die Bahn der Sonne heben kann
und über uns erheben, wie eine starke Kraft,
der das streunende Vieh im Wege steht,
der wildgewordenen Meute,
jederzeit als ein Wawa-Baum?
Wer hätte gedacht,
dass Oyemams jetzt kränkelndes,
wieder gesund im Geist und im Körper sein würde.

Mpatapow – **Einmischung**

Du hast einen einzigen Weisheitsknoten
in meiner blöden Denkweise geknüpft.
Siehe, er fing Deine Friedensknoten; meine
Deine, die der Welt und die von Gott.
Das, was die Menschheit vergessen hatte.

Akoma Ntoaso – **Zusammengehörigkeit**

Als unsere Zwillinge kamen,
wurden unsere vier Ohren miteinander verbunden;
fanden ein Zentrum im gemeinsamen Namen.
Unsere identischen Hoffnungen flossen
ungehindert durch sie durch,
bis wir das Gleiche fühlten.

Bosome ne Nsoroma – **Treue und Milde**

Venus, der Bräutigam
reitet in die Arme des Mondes.
Verliebt sich gern und tut es,
immer wieder mit dem geliebten Mond.

Ohene Tuo – **Der Tapfere**

Herr General gab seinem kleinen Sohn ein Gewehr,
und als er volljährig wurde, Kriegssymbole auf seine
breite Brust.
Links: Schießpulveretui für Feuer,
Rechts: Sein Vaters Gewehr zum feuern,
und ein Kriegshorn auf jede Backe.

Kramo – **Warnung vor Heuchelei**

Ich trug stolz einen Baumwollkittel,
mit seidenen Stickereien.
Ich dachte, wer so etwas trägt,
verkauft gute Amulette.
Kaum hatte ich den Verdacht,
dass Scharlatane Kittel tragen.

Hyewonhye – **Unverwüstlichkeit**

Sie steckten Dich ins Feuer
In der Hoffnung, Du würdest verbrennen
Aber siehe da. Wir jubeln
und begrüßen Deine Rückkehr.

Biribi wo soro O – Göttliche Führung

Nicht das was wir hier erreichen
suchen wir aufrecht, Tag und Nacht.
Eher was dahinter liegt und uns reicher,
weiser und rechtschaffen machen kann.
Biege es zurecht, Oh Herr,
wir sie überspannen. Lass es sich
mit unserer Seelensuche übereinstimmen.

Dua Afe – Vorsicht und Umsicht

Oma hatte einen hölzernen Kamm,
der die Knoten aus Kindesverhalten zurechtbog,
bis komischbehaarte, drahtige Typen hierher kamen
und ihn über Opas Grab zerbrachen.

Nyame Dua – Nicht verzagen

Unsere Ahnen wählten einen Baum aus, dreizackig,
wie die drei Lehmfüße eines Gemeinschaftsherds,
um draußen aufrecht zu stehen, erhöht, für Gott.
Sie platzierten sicher einen Topf drauf für Tau,
für neuen Tau jeden frischen Morgen.
Ihr Symbol ähnelt einen seitlichen Blick,
nach einem fruchtbaren Eierstock, den sie kannten.

Ohene Aniwa – **Glück in Kleinigkeit**

Mein König trägt einen Stoff voller Augen.
Viele, kleine, liebevolle, kluge:
Und große, strenge gleißende Sonnen.
Seine Freuden werden in den Kleinen reflektiert.
Es ist besser, wir sehen uns selbst in diesen.

Hwe m – **Perfektion**

Perlenketten haben eine leise Stimme.
Nur ihre Unterlegenen leben von Lärm.
Wärest du nur eine Perlenkette,
geräuschlos, mit klugen Augen, geübt
in der Art vernünftig zu wählen.

Obi nka bi – **Eintracht**

Schlangen beißen, aus Angst oder Schmerz.
Sie schleichen sonst weg, Gefahr vermeidend.
Mit dem Rücken zur Wand, beißen Männer,
wie Schlangen, nicht ohne Grund.
Als Revanche für einen Affront, ohne Waffe.

Nkonsonkonson – **Verbundenheit**

Es gibt eine Kette, im Leben wie im Tode.
Eine Kette einer einzigen Menschheit, ein Blut.
Wir bilden neue Glieder zur Kontinuität
bei der Geburt, egal wer wir auch sind.

Matemasie – **Schweigen ist Gold**
Wir legen unsere Schätze in Safes ab.
Unser Gedächtnis hilft uns beim Sparen.

Funtumfunafu Matemasie – **Schweigen ist Gold**
Wir legen unsere Schätze in Safes ab.
Unser Gedächtnis hilft uns beim Sparen.
Einheit der Vielfalt.
Zwei Mäuler, die einen einzigen Bauch füttern
Kämpfen um den Geschmack des Essens.
Kämpfen um die Erfahrung aus erster Hand.
Sie sollen!

Nyansapu – **Weisheit**
Du willst den Knoten
eines Weisen entwirren?
Dann sei sicher,
Du bist Weiser oder genauso Weise

Aya – **Mut**
Unerschrockene Krieger tragen diese Farne
als Zeichen der Unbesiegbarkeit,
auf ihren Mützen und in ihre Aussagen

Adinkrahene – **Sorgfalt und Makellosigkeit**

Der König, der mit einem Kreis,
unsere Erde, unser Meer,
unseren Himmel und uns umschließt.
Wählte diesen Kreis für seine Macht,
geschlossen, endgültig und souverän.

Owo foro dobe – **Geduld führt zu Erfolg**

Dies ist ein Zeichen für Diplomaten,
dass das vorsichtige Klettern einer Schlange
doch einen Weg zwischen Palmfronden bahnen
kann durch eine dornige Welt.

Sunsum – **Kraft des Geistes**

Sagte der Grauhaarige auf seinen Sterbebett:
Alles ist Seele oder Geist.
Siehe, wie sie sich als Macht bewegen,
oder, eingefasst, auf Befreiung wartend.
Wenn du einen Geist fangen willst,
geh angeln mit deinem eignen als Köder,
bis ein anderer Geist ihn annimmt.

Owu atwede – **Vergänglichkeit**

Der Tod hat so eine große Leiter,
überall für jeden, ob in Trauer oder im Glück,
ob sorgsam, sorglos, sauber, dreckig.
Keiner muss weit reisen,
wenn er die Leiter des Todes klettern muss

Nsaa – Auszeichnung

Egal wie alt Brokat wird,
sein Platz in der königlichen Garderobe
ist auf dem oberen Regal,
wo die besten Stoffe liegen

Donno Ntoaso – Wachsamkeit, Gewandtheit, Fröhlichkeit

So großartig, ist die Botschaft
über meine neuen Liebe.
Ich brauche eine Doppeltrommel,
um sie zu verkünden.

Tekyerema – Miteinander

Gepaart fürs Leben, eingeschlossen
in einer Insel genannt Mund
sind Zähne und Zunge
Glückliche Freunde in einem Bett.
Noch glücklicher sind sie bei der Arbeit,
Manchmal, dennoch, blutet die Zunge von Bissen

Quelle: www.afrika-service-agentur.com

243

King Cephas Kosi und Queen Gabriele Bansah bedanken sich.[1]

[1] Alle verwendeten Logos und Firmennamen sind gesetzlich geschützt

King Cephas Kosi und Queen Gabriele Bansah bedanken sich.[1]

**Wir bedanken uns herzlich bei allen
Firmen, Vereinen, Organisationen und Privatpersonen
die unsere Projekte unterstützen.**

King Cephas Kosi und Queen Gabriele Bansah

[1] Alle verwendeten Logos und Firmennamen sind gesetzlich geschützt

Ebenfalls im Gerhard Hess Verlag erschienen:

In diesem Buch wird Afrika weder aus weißer Perspektive betrachtet noch an weißen Normen gemessen. Jochen Tolk beschreibt, wie er während seiner Arbeit in Ostafrika das afrikanische Denken und Leben nach und nach verstehen und dabei sich selbst und unser weißes Leben neu sehen lernte. Dabei wurde ihm immer deutlicher bewusst: Wir sind nicht so reich, wie wir meinen. Wir können aber reicher werden, als wir sind. Ein gewollt provozierender Beitrag zur aktuellen Diskussion über Lebensqualität, Nachhaltigkeit und Zukunftsfähigkeit.

Jochen Tolk wurde 1943 in Bartenstein/Ostpreußen geboren. Er studierte evangelische Theologie, promovierte 1970, und war als Pfarrer im Dienst der Württembergischen Landeskirche tätig. Zuletzt als Dekan in Ravensburg. Er lebte und wirkte fünf Jahre in Tansania und unternahm zahlreiche Reisen in afrikanische Länder. Besonders engagiert er sich in Hilfsprojekten für Aidswaisen in Tansania.

Armer reicher weißer Mann

Unser weißes Leben
im Spiegel Afrika betrachtet

ISBN 978-3-87336-517-9

16,80 € (D) 17,30 (A)